살인자의 쇼핑몰 3

새소설
21

살인자의 쇼핑몰

강지영 장편소설

3

자음과모음

차례

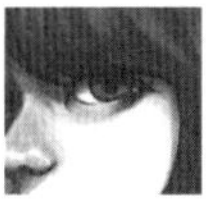

중학교 입학을 앞두고 교복을 맞추던 날이었다. 옷값을 계산하러 따라온 삼촌은 내 치마 길이와 품이 작은 재킷을 보고 못마땅한 표정을 지었다. 병아리에서 중닭으로 넘어가는, 어찌 보면 인생 최고로 못생겼던 시절의 나는 조금이라도 치장을 하고 싶어 안달이 나 있었다. 삼촌이 뭐라 하든 벙벙한 교복을 입을 생각이 없었다.

"정지안, 너 뒤에서 나쁜 놈이 쫓아오면 그거 입고 뛸 수 있겠어?"

전신 거울 귀퉁이에 미간을 잔뜩 찌푸린 삼촌이 도사리고 있었다.

"걱정 마. 내가 별나게 운이 좋거든. 작년 우리 담임 도촬 사건 기억나지? 왜 우리 학교 탈의실에 카메라 설치해뒀다 걸린 거. 그때 유일하게 안 찍힌 애가 나였잖아."

앞머리를 반드르르하게 넘긴 잘생긴 젊은 담임은 탈의실에서 찍은 촬영물을 딥웹에 올려 짭짤한 부수입을 챙겼다. 그걸 누가 어떻게 발견해 경찰에 신고했는지 그때는 몰랐다. 담임은 자신의 이종사촌이자 이름난 로펌의 소속 변호사를 고용해 실형을 면할 궁리를 했고, 실제로 1심에서 집행유예를 선고받았다. 그러나 항소심을 기다리던 그는 돌연 사망했다. 소문에 따르면, 욕실에서 무릎 꿇은 자세로 발견된 그의 뱃속에는 조약돌이 가득했다고 한다. 경찰은 끝내 자살인지 타살인지 밝혀내지 못했다. 그 무렵, 삼촌이 앞마당 조경에 쓰겠다고 주문한 조약돌 한 자루가 사라지긴 했다.

"삼촌이 걱정할까 봐 말을 안 한 건데, 나 사실 엄청난 럭키걸이야."

한번은 삼촌이 잠든 틈을 타 한 시간 거리의 야시장에 다녀온 적도 있었다. 그곳에서 만난 고등학생 오빠 두 명이 집까지 데려다주겠다며 따라왔는데, 이상하게도 나란히 걷지 않고 나를 앞세운 채 뒤에서 수군거렸다. 자정에 가까운 시각, 가로등 하나 없는 오솔길을 타박타박 걷고 있는데, 오빠들이 담배에 불을 붙이면서 다리가 아프다며 쉬어 가자고 했다. 문득 야시장에서 그들이 접이식 칼을 흥정하던 게 떠올랐고, 손바닥에 진땀이 났다. 혹시 돈이라도 내놓으라고 하면 어쩌나, 하는 정말이지 어린애다운 걱정을 했다.

한적해서 좋긴 한데, 왜 이렇게 머냐? 다리 존나 아파. 한 오빠가 짜증 섞인 목소리로 투덜거렸다. 오빠, 우리 집 거의 다 왔어. 여기서부턴 혼자 가도 돼. 나는 주머니 속 천 원짜리 지폐를 헤아리며 조심스럽게 말했다. 그런데 아무런 대답이 돌아오지 않았다. 내 목소리가 너무 작았나 싶어 고개를 돌려 뒤를 봤다. 담배를 입에 문 오빠들은 눈이 튀어나올 듯 부릅뜬 채 얼어붙어 있었다. 하얗게 질린 낯빛, 눈에 띄게 떨리는 어깨, 삐걱대는 걸음걸이. 뭔가 이상했다. 어둠 속에서 덩치 큰 동물 같은 무언가가 풀숲으로 뛰어 들어가는 걸 본 것 같았지만, 나는 좀비같이 굳어버린 오빠들이 더 무서웠다. 그럼 조심해서 가. 두 사람은 약속이라도 한 것처럼 동시에 말했다. 보기보다 착한 사람들이었구나. 내가 괜한 오해를 했다 싶었고, 그들을 향해 손을 흔들어주었다.

"정지안, 그 치마 입으려면 나랑 약속 하나 하자."

삼촌은 전신 거울 앞으로 다가와 내 옆에 섰다. 이렇게 나란히 거울을 보는 건 처음이었다. 같은 피를 나눴는데 어쩜 이렇게 안 닮은 건지, 다행스러웠다.

"무슨 약속?"

"뒤에서 나쁜 놈이 쫓아오면 치마를 허리까지 끌어 올리고 전력 질주하는 거야. 재킷 따위 벗어버려도 돼. 옷은 새로 맞추면 되지만 너를 새로 장만할 순 없잖냐."

삼촌 방식의 허락은 늘 잔소리를 동반했다. 덕분에 나는 내가 원하는 사이즈의 교복을 맞출 수 있었다. 추어탕을 먹자던 삼촌은 사실 순댓국이 더 당긴다고 혼잣말했다. 기왕 나온 김에 돈가스도 괜찮지. 아니다, 설날도 다가오는데 떡만둣국이나 먹을까. 그는 자신과의 싸움을 벌였고, 우린 결국 내가 진즉부터 벼르고 있던 떡볶이를 먹고 집으로 돌아왔다.

삼촌은 내 시선이 닿지 않는 사각지대와 어둠 속에서만 자유로웠던 것 같다. 광장과 햇살, 선량한 사람들의 평화로운 일상 속에서는 기세가 꺾였다. 아니, 불편하고 두려워서 땅을 파고 그 안으로 숨어버린 걸지도 몰랐다. 나는 종종 기괴한 꿈을 꿨다. 악인들이 우스꽝스러운 복장을 하고 놀이공원이나 해변을 뛰노는 장면들이었다. 어쩌면 삼촌과 악인들은 타인의 꿈에서나 간신히 웃고 떠들 자격이 생기는 걸까.

이제부턴 어둠에 익숙해져야 했다. 내가 놓치는 공간과 시간의 틈바구니에 삼촌이 끼어 있을지도 몰랐다. 그는 나와 브라더가 카페 나들이를 다녀오는 사이 증발했다. 킬러맵에 등록된 모든 코드가 로그아웃되고 비밀번호는 새로운 암호로 재설정되어 있었다. 업무가 마비되자 옐로코드의 수장 수전이 득달같이 찾아왔다. 육십대 후반으로 보이는 작은 체구의 여성 수전은 장례 리무진을 타고 집 앞에 멈춰 섰다.

“저 할머니는 왜 부른 거예요?”

대문 밖으로 나가 수전을 맞이하며, 나는 브라더에게 물었다.

“안 불렀어요. 귀신같이 찾아온 거지.”

수전은 수녀복을 연상케 하는, 단추가 촘촘히 달린 검정색 레이스 원피스를 입고 있었다. 그녀는 운전사가 문을 열어줄 때까지 기다렸다가 차에서 내렸다. 귀기를 품은 듯한 크고 깊은 눈, 날렵하게 뻗어 야무지게 맺힌 코, 주름 많고 얇은 입술의 귀부인이었다.

"놀랄 것 없다. 누가 죽지 않아도 난 늘 리무진을 타고 이런 옷을 입거든. 대외적으로는 상조회사 대표니까. 하아, 팀원만 파견하다 본사에 온 건 오랜만이구나."

복색이 기이한 건 수전만이 아니었다. 내 또래로 보이는 여자 운전사 역시 얼굴을 마스크로 가린 채 파란색 부직포 덧신을 신고, 손에는 라텍스 장갑을 끼고 있었다. 그녀는 라면 상자만 한 폴리카보네이트 캐리어를 끌며 앞장서다 현관 앞에서 나와 눈이 마주쳤다. 조금 치솟은 눈꼬리에 아치형의 옅은 눈썹이 꿈틀했다. 곱실거리는 연갈색 단발머리와 동그랗게 솟아오른 귀가 인상적이었다. 흔한 얼굴이라 그런지 어딘가 낯이 익었다.

"얘는 닉네임이 그림책이야. 원래 옐로코드 소속인데 요즘 헛바람이 좀 들었지. 그 뭐냐, 만화가 비스무리한 거…… 그래, 웹툰 작가가 되고 싶다더라. 하지만 지금은 네 러닝메이트로 왔어."

수전은 굳이 예의 차릴 필요 없는 먼 친척처럼 내게 말을 놓았다. 그림책이라 불린 여자는 곧장 시선을 돌린 뒤 거실 바닥에 캐리어를 내려놓고 마스크와 덧신, 라텍스 장갑 한 벌을 꺼내놓았다.

"뭘 알고는 오신 거예요?"

나는 능청스레 대화에 쿠션을 깔고 호감부터 얻는 타입이 아니었다. 수전이 미간을 찌푸리며 나를 바라봤다.

"진만 씨에게 무슨 일이 생겼다는 걸 알고 있다. 상호 동의하에 청바지 벨트로 생체 신호를 체크해왔거든. 호흡과 맥박이 사라졌어. 벨트가 고장 났거나 진만 씨가 죽었다는 뜻이지."

다 알고 왔다고 하니 구구하게 설명할 필요가 없었다. 그래도 여전히 이해되지 않는 게 있었다. 그림책이라 불리는 웹툰 지망생이 어째서 내 러닝메이트인 걸까.

"러닝메이트 같은 전문용어 말고 알아듣게 말씀해주세요. 제가 뭐 인수인계 같은 걸 받은 게 아니라."

모든 게 불편했다. 삼촌의 방을 녹화한 CCTV에서 총성이 들렸고, 그의 시신은 발견되지 않았다. 그런데 느닷없이 자신은 늘 이렇게 입고 이런 차를 탄다는 노인이 나타나 알아듣지 못할 말로 자신과 운전사를 소개하고 있었다. 내겐 씻고 침대에 누워 다나의 죽음을 애도할 시간조차 주어지지 않았다.

"그림책이 연재를 준비하던 웹툰을 봤어. 정진만을 주인공으로 두고 머더헬프와 우리 코드들이 전부 등장하더구나. 지금 이 상황까지 고스란히 담겨 있었지. 사이트가 암호화

되고 정진만이 사라지는 끔찍한 스토리였어. 외부인들도 머더헬프가 비상 상황이라는 걸 눈치챘을 게다. 사이트가 복구될 때까지 누군가가 정진만을 대행해야 돼. 저 애만 한 적임자는 없을 거야."

그림책은 수전의 발에 덧신을 신기고, 손에 라텍스 장갑을 끼운 뒤 마스크까지 얼굴에 걸어주었다. 수전은 대문을 넘어 안마당을 가로질렀다. 나는 서둘러 걸음을 옮겨 그림책보다 앞서 걸었다.

"아무리 옐로코드라지만 저런 수상한 인물이면…… 제거를 해야죠."

내가 속닥거리자 수전이 가느다랗게 그린 눈썹 한쪽을 신경질적으로 치켜올렸다.

"우린 가족을 죽이지 않아. 더구나 저 애 웹툰 대본 작업에 진만 씨가 직접 참여했어. 나 몰래 무려 3년씩이나. 겨우 붙잡아뒀지만 공모전에 투고하면 정식 연재될 만한 퀄리티야. 그림책만큼 정진만을 자세히 들여다본 사람은 없어. 그리고……."

수전이 내 귓가에 입을 가까이 대고 속삭였다.

"이야기가 어떻게 흘러가는지 물어봐. 아직 엔딩을 쓰지 않았어. 뭔가 많은 걸 알고 있는 눈치인데 나한테는 입을 꼭 다물어버렸구나."

어이가 없어 헛웃음이 났다. 쇼핑몰이 세상의 전부였던 은둔형외톨이 삼촌이 나 몰래 3년간 웹툰 작가 지망생과 접촉해왔다니. 민혜 언니가 삼촌을 짝사랑한 일보다 더 어처구니없고 어리석은 행동이었다. 그림책인지 만화책인지, 저 계집애의 웹툰이 정식 연재라도 되는 날엔 머더헬프는 누군가의 공격이 아니라 대중 앞에 발가벗겨져 우리는 줄줄이 철창행일 터였다. 그걸 삼촌이 도왔을 리 없었다.

"삼촌은 늘 수상했지만 그래도…… 그래도 이건 아니에요. 절대 말이 안 돼요. 제 촉이 틀림없어요."

창피하게 염소 울음처럼 목소리가 떨렸다. 삼촌과 보낸 무수한 시간 동안 나는 젖은 흙냄새를 맡는 탐험가처럼 본능이 강화되었다. 삼촌의 불안과 슬픔의 기류를 읽어낼 수 있었고, 거기에 맞춰 점심 식사를 고를 수 있……. 아니다. 아무래도 자의식 과잉이다. 나는 기분에 따라 메뉴를 골라주는 정도까지만 할 수 있는 사람이었다. 그가 하와이안셔츠를 입고 바비큐 그릴을 닦는 동안 무슨 꿍꿍이를 품었는지 감도 못 잡았다. 늙은 너구리 같은 삼촌이 내게는 일언반구 없이 저 계집애에게 기밀을 누설했다는 게 믿기지 않았다. 게다가 지금 벌어진 사건들이 이미 웹툰으로 존재한다니. 세상이 나를 억지스럽게 괴롭히고 있는 게 분명했다.

"지안아, 네 촉은 형편없단다. 그리마라는 언더커버가 2년 동안 네 유전자 지우개였는데 알고 있었니? 네 분비물과 대소변, 여기저기 흘리고 다닌 지문을 그리마가 지워왔지. 바빌론 놈들에게서 널 지켜야 했으니까. 네 자취방 옆 동에 살고 있었는데도 넌 전혀 눈치채지 못했어. 너는 지금 촉이 아니라 어른들의 경험을 믿어야 해. 브라더, 너는 어째 나를 보고도 인사를 안 하니? 네 형 혼다만큼 다정하진 않구나. 뭐, 형만 한 아우 없는 법이지."

그러고 보니 브라더는 내내 내 등 뒤에 바짝 붙어 쭈뼛거렸다.

"CSI도 아니신데 꼭 이렇게 감식까지 하셔야 해요?"

브라더는 차마 수전의 눈을 바라보지 못하고 내 어깨에 고개를 묻으며 말했다.

"내가 CSI보다 못할 게 뭐니? 브라더, 미싱으로 입 박아 버리기 전에 현장으로 안내하렴. 직접 봐야겠어."

브라더는 마뜩잖아 했지만 내 생각은 달랐다. 부검이나 사건 현장 청소에 도가 튼 수전이라면 도움을 받아야 했다. 나는 그들을 삼촌의 작업실로 데려갔다. 수전을 부축한 그림책은 나보다 최소 5센티미터는 커 보였고, 슈트에 가려진 단단한 근육이 느껴졌다. 웹툰만 그린 이십대치고 제법 잘 가꾼 몸이었다.

"브라더, 옐로코드는 무기도 없잖아요. 쫄지 말아요. 맘에 안 들게 굴면 그때 가서 우리끼리 해결해요."

브라더가 비쭉 입을 내밀고 고개를 가로저었다.

"쫄려서 그러는 게 아니에요. 인정하고 싶지 않지만 지금 가장 믿음직한 사람은 수전이에요. 민혜 누나보다도 형과 가까운, 머더헬프의 정신적 지주거든요. 게다가 옐로코드의 우두머리잖아요. 수전은 우리 모두의 유전자 지도를 갖고 있어요. 유전적 질병과 약점, 미래까지 예측할 수 있는 데이터를 가진 거죠. 다만, 우리가 감당 못 할 진실이 튀어나오면 어쩌나 걱정되는 거예요."

대안 없이 징징거리는 브라더에게 짜증이 났다.

"그런 걱정은 내 몫이에요. 나는 진실이 궁금해요."

작업실 문고리를 비틀었다. 어쩔 수 없이 꺼림칙한 선택지를 고르기로 했다. 한 발의 총성이 울리고 증발한 삼촌의 작업실 바닥엔 피가 낭자했다. 때 탄 침구, 이제 막 노안이와 종종 콧등에 걸쳤던 안경, 굳이 필요한가 싶은 머리빗, 색이 다른 하와이안셔츠 여러 벌이 걸린 행어, 좌식 책상, 노트북이 핏물을 뒤집어쓴 채였다. 그림책이 현장을 카메라에 담는 사이 수전은 침대 발치에 떨어진 탄환을 발견하고 집게로 들어 올려 유심히 바라봤다.

"바빌론 하수인 중 누군가 기습했을 거예요. 삼촌이 위기를 감지하고 놈을 사살한 뒤 본진으로 쳐들어간 거죠."

내 추리는, 우리가 용석동 굿데이 편의점에서 일전을 치르는 동안 바빌론의 하수인 중 일부가 쇼핑몰에 숨어들어 목숨을 부지했을 가능성에서 시작했다. 지난 석 달간 근처에 은신해 있던 용의자는 나와 브라더가 쇼핑몰을 비운 틈을 타 삼촌을 살해하고 바빌론의 부활을 꿈꿨는지도 몰랐다. 하지만 브라더의 생각은 달랐다. 그는 외부가 아닌 내부의 적을 의심했고, 용의자로 잉잉을 지목했다. 편의점 일전이 끝나고 돌아온 직후부터 잉잉의 행적은 묘연했고, 쇼핑몰을 지키는 데 일조한 탱크 포신이 감쪽같이 사라졌으며, 서버는 잉잉을 포함한 모든 코드가 접근할 수 없게 암호로 막혀 있었다. 바빌론이라면 서버를 백업하고 물리적으로 파손했을 텐데, 얌전히 암호만 걸어놓은 걸 보면 용의자는 때를 기다렸다 우릴 제거하고 머더헬프를 직접 운영하려는 속셈이 보인다는 것이었다. 삼촌은 그 과정에서 부상을 입고, 지금쯤 도망친 잉잉의 뒤를 쫓고 있다는 게 그의 추리였다.

"어쩌면 잉잉 형님이 우리한테 기회를 주는 걸지도 몰라요. 멈춰 선 김에 앉고 앉은 김에 눕고 누운 김에 자라는 거죠. 이런 위험한 일들, 이제 그만 접으라는 신호일 거예요. 어디 피신 가 있는 게 어떨까요?"

브라더는 잉잉을 용의자로 점치면서도 그에 대한 오랜 믿음을 완전히 내려놓지 못했다. 그게 사실이라면 머더헬프를 폐쇄하고 각자 몸 사리며 사는 게 답일지 몰랐다.

"네 예상은 틀렸어. 잉잉은 본국 국가안전부 자원으로 넘어갔어. 공무원이 된 셈이지. 그보다 이걸 보렴."

수전이 방바닥에서 탄환 하나를 들어 보이며 말했다.

"라이플링 마크가 제거된 탄이야. 무슨 뜻인지 알겠지, 브라더? 네가 재한테 설명 좀 해줘라."

브라더는 화들짝 놀라 손바닥으로 입을 틀어막았다.

"그…… 그 라이플링 마크는 총열의 나선에 따라 총알에 새겨지는 발사흔이에요. 지문처럼 고유하죠. 우리는 이런 일에 종사하지 않는 평범한 사람들을 라이플링이라고 불러요. 그런데 이 탄환에 라이플링 마크가 없다는 건, 발사되지 않은 총알이란 거예요."

브라더의 말은 누군가 현장을 조작했다는 뜻이었다. 적이거나, 적인 척하는 음흉한 누군가. 아니면 삼촌을 제압한 뒤

총기를 탈취하고 탄창을 비워냈을지도 몰랐다. 어느 쪽이든 삼촌보다 우위의 전투력을 가진 자라는 점은 분명했다.

"삼촌의 자작극일 수도 있잖아요. 이런 수작이 처음도 아니고."

다른 가능성도 배제할 수 없었다. 면도칼로 경동맥을 그어 자살한 척 나를 속인 전적이 있으니 근거는 충분했다. 애처럼 굴고 싶은 어른은 절대로 애를 키워선 안 된다. 그런 법이 없다면 이제라도 만들어야 하고, 나 같은 피해자들에게는 소급 적용해 배상금이라도 받게 해주는 게 맞았다.

라이플링 마크가 없는 탄환만 제외하고 바라보면 사건은 훨씬 단순했다. 죽음을 위장해 머더헬프 인턴십을 내게 떠맡겼다고 보는 게 가장 타당했다. 삼촌 딴에는 몹시도 거룩하고 비장한 후계자 수업일지도 몰랐다. 첫 번째 관문은 정적을 함정에 빠트리기 위해 자살을 연기하고 조카의 목숨을 적에게 담보로 맡긴 1년 전이었다. 두 번째 관문은 서울 한복판에서 총격전까지 벌이며 상대 조직을 괴멸한 것이었다. 어찌저찌 두 개의 관문을 넘어섰으니 본격적으로 나를 훈련해 후계자로 앉힌 뒤 자신은 파이어족이 되려는 것일지도.

"난 객관적 증거만 믿는단다."

브라더와 내가 각자의 추리를 쏟아내는 동안, 수전은 캐리어에서 멸균 면봉과 시약지를 꺼내 방바닥에 흩뿌려진 피를 테스트했다.

"간이 유전자 검사 결과, 정진만의 피가 맞구나. 유전자 주요 인자가 일치해. 출혈량이 상당한 걸 보면 정맥이나 동맥이 파열됐을 거야. 솜씨 좋은 외과의의 응급수술을 받지 않았다면 5분 내에 사망했겠지."

수전이 나침반처럼 생긴 테스트기를 내게 보여주었다. 둥근 원형 틀엔 13개의 눈금과 그보다 더 작은 눈금 그리고 숫자가 적혀 있었다. 그 안에 빼곡히 자리한 붉거나 푸른 그래프 사이로 'Correspond'라는 단어만이 유일하게 떠올랐다.

"피를 미리 조금씩 빼놓았을 수도 있잖아요. 저번 자작극 때도 욕실에 피 장난 아니었어요. 그러니까 이번에도……."

나도 모르게 말끝을 흐렸다. 직접 본 게 아닌 탓이었다. 삼촌이 자살을 연출한 욕실은 나 대신 배정민이 청소했었다.

"그 욕실을 꾸민 사람 중 하나가 나였어. 그때도 유전자 유출이 신경 쓰여 동물 피를 썼지. 아마 돼지 피였을 거야. 금방 응고돼서 용해제까지 섞고, 누가 봐도 수상쩍지 않게 비산흔까지 만드느라 애먹었지."

그림책이 루미놀 용액을 뿌리며 좁은 방 안을 조심스럽게 서성였다.

"그럼, 진만 형님이 진짜?"

놀란 브라더가 뒷걸음질 치다 벽에 걸린 다트판에 뒤통수를 부딪혔다. 그 충격에 맞은편 벽 코르크판에 꽂혀 있던 다트가 다트판을 향해 날아들었다. 키가 작아 망정이지, 여차하면 외눈박이가 될 뻔했다. 브라더가 눈을 동그랗게 뜬 채 기절하듯 쓰러졌다. 나는 삼촌의 커다란 엉덩이를 받쳐주던 테디베어가 그려진 빨간 방석을 그의 머리에 받쳐주었다. 가벼운 경련을 일으키던 브라더는 이내 몸을 축 늘어뜨렸다. 유언이 고작 '진만 형님이 진짜?'가 될까 봐 마음이 졸아들었다.

"곧 멀쩡히 깨어날 거다. 내가 보기엔 눈 하나 깜짝 않는 네가 더 신기하구나."

수전의 말에 루미놀을 뿌리던 그림책이 나를 바라봤다. '신기하다'고 말했지만 '수상하다'로 들리는 이 기이함은 뭘까. 설마 내가 삼촌을 살해하기라도 했다는 건가.

"혹시 저 의심하세요? 아니죠? 세상에 누가 가족을 죽여요."

얼결에 말을 뱉고도 주워 담고 싶었다. 인간은 유구하게 가족을 죽여왔다. 게임에 빠져 젖먹이를 굶겨 죽이고, 아픈 부모를 방치해 고독사시키고, 명절이면 술 퍼먹고 재산과 제사를 빌미로 주먹질과 칼부림을 하는 뉴스가 하루걸러 하나씩 나왔다. 1촌도 2촌도 아닌 3촌 정도면, 더구나 승계 문제가 얽힌 애증의 조카라면 아예 불가능하다고 장담할 수는 없었다.

"난 섣부른 추측은 하지 않아. 말했잖니, 객관적 사실과 증거만 믿는다고. 그림책, 혈흔이 더 있는지 형광 반응 확인해."

수전은 나를 이끌고 삼촌의 작업실을 나섰다. 아마 조명을 끄고, 육안으로는 보이지 않는 혈흔을 확인할 모양이었다.

"솔직히 말씀해보세요. 첫 번째 용의자가 누구예요?"

수전은 큰 눈을 가늘게 뜨며 나를 한참 바라보았다.

"뭐야, 미쳤어요? 저 아니라니까요. 뭐, 수전 씨 입장에선 제가 의심스럽겠죠. 이해는 되는데, 그래도 면전에서 이러는 건 좀 너무한 거 아니에요?"

순간 나도 브라더처럼 실신이라도 할 걸 그랬나 싶었다. 하지만 나는 삼촌과 달랐다. 누군가를 속이기 위해 기절하거나 증발하거나 시체인 척 연기할 수 없는 담백한 인간이었다.

"두 번째 용의자라면, 나겠지."

"네?"

"우린 좀 복잡하고 이상한 관계야. 마그리트 그림 같다고나 할까."

수전은 원피스의 목 단추를 풀어 살품에서 납작한 철제 담배 케이스를 꺼냈다. 뚜껑을 열자 기성품이 아닌 얇은 종이에 만 담배 세 개비가 들어 있었다. 그녀는 담배 한 개비를 꺼내 입에 물고는 다시 살품에 손을 넣어 가느다란 라이터를 꺼내 불을 댕겼다. 구릿한 풀 냄새가 역했다. 담뱃잎이 아니라 대마초였다. 수전은 천천히 입을 벌려 공기를 빨아들인 뒤 콧구멍으로 느리게 연기를 뿜었다.

"아무리 심란해도 마약은 좀 아닌 거 같은데요."

연기만으로도 어질했다.

"난 말기암 환자야. 길어야 3개월 남았으려나. 내 통증엔 오피오이드보다는 마리화나가 더 잘 맞더구나."

수전은 눈 하나 깜짝 않고 자신의 여명을 고백했다. 너무 덤덤해 거짓말처럼 느껴졌지만 그녀의 마른 몸과 휘청거리는 발걸음이 예사롭지 않았다.

"솔직하신 분이니까 그냥 여쭤볼게요. 수전 씨가 우리 삼촌 죽이셨어요?"

나는 손부채질로 연기를 밀어내며, 담백한 사람답게 직설적으로 물었다.

"글쎄. 연관이 없다고 단정할 순 없어. 진만 씨만큼이나 나도 여러 사람과 얽혀 있으니까. 그들에겐 죽일 만한 이유도 충분하고, 살려둘 만한 이유도 충분하고."

대마초 연기만 맡아도 환각이 보이는 걸까. 파르스름한 연기 속에서 지금보다 머리숱이 조금 많고 배가 덜 나온 청년 정진만의 모습이 뭉게뭉게 피어났다.

"진만 씨는 너 때문에 이 일을 시작했어. 아니, 나도 그랬지."

수전은 새 대마초에 불을 댕기며, 내가 모르는 나의 이야기를 시작했다.

진만은 먹성이 좋았지만 희한하게 날것은 입에 대지 않았다. 육회, 생선회, 굴, 산낙지는 물론이고, 씹는 식감이 비슷하다는 이유로 버섯도 즐기지 않았다. 그래서 어머니와 형 내외가 날것으로 상을 차리는 날이면, 버너를 꺼내 라면 스프를 물에 풀어 샤부샤부처럼 음식을 익혀 먹곤 했다.

21년 전 초겨울, 김장하던 날도 그랬다. 갓 담근 김치에 돼지 수육과 생굴로 차려진 저녁 식사 자리에서 진만은 라면 국물을 끓였다. 그는 고기와 김치를 우적거리며, 칭얼대는 조카의 입에 공갈 젖꼭지를 물리기도 하고 발을 뻗어 바운서를 흔들어주기도 했다. 처녀 시절 시금치 아가씨 선발

대회 준결승까지 올라갔던 형수의 눈엔, 어째서인지 어린 딸의 얼굴이 자신과 나름 반듯하게 생긴 남편을 건너뛰고, 날백수 시동생을 닮은 것만 같아 부아가 치밀었다. 그래서 간만에 생굴을 안주 삼아 시어머니와 소주를 마셔댔다. 눈치 없는 진만은 라면 국물이 끓어오르자 생굴 접시를 들어 냄비에 기울였다. 원래는 예닐곱 개만 익혀 먹으려던 계획이었지만, 각도 조절에 실패한 탓에 생굴 전부가 냄비 안으로 우르르 쏟아졌다. 생활비 한 푼 안 보태는 군식구 진만이 그때 한 말은 아이씨, 나 굴 안 좋아하는데, 였다. 입맛이 사라진 가족들은 상을 치우고 어마어마하게 쏟아진 김장 설거지를 마친 뒤 각자의 방으로 돌아갔다.

이튿날 사달이 났다. 간밤에 생굴을 먹은 가족들이 줄줄이 토사곽란을 일으켰다. 노로바이러스에 감염된 것이었다. 욕실이 하나뿐인 집에서 감염자 셋은 변기와 세면대, 하수구를 하나씩 차지하고 게우고 싸는 비극을 벌였다.

"지안이 기저귀라도 차고 병원 가자. 이러다 죽어."

다리가 풀려 벽을 짚고 기신기신 일어선 진만의 형이 차키를 찾았다.

"아범아, 지안이 백일 사진은 어쩌고? 11시로 예약해놨담서. 그거 미룰 수는 있냐?"

눈두덩이가 쑥 꺼진 진만의 어머니가 변기에 앉은 채 물었다.

"애기는 하루가 다르게 얼굴이 변하는데 어떻게 미뤄요."

하수구에서 십이지장액까지 토해낸 형수가 타일 바닥에 주저앉았다.

"사진관 내가 가면 안 되나?"

진만의 말에 가족 모두가 불편한 눈빛을 주고받았다. 그러나 어른 넷 중 성한 사람은 진만뿐이었으니 선택의 여지가 없었다.

"도련님, 지안이 면역 약하니까 사람 많은 데 돌아다니면 안 돼요. 저번처럼 애 안고 길에서 뭐 드시지도 말고요. 아, 분유 먹이면 꼭 트림시키세요. 이러는 게 맞나 몰라."

형수는 내키지 않는 걸음을 옮기며 진만의 품에 안긴 딸을 애처롭게 바라봤다.

"형수, 상용이네 추어탕집도 안 돼요? 길도 아니고, 거긴 장사 안 돼서 사람도 없……."

"어멈 말대로 해. 나중에 네 새끼 낳으면 실컷 그러든가."

진만의 어머니가 없는 힘을 쥐어짜 아들을 나무랐다. 진만의 형은 마뜩잖은 표정으로 승용차 키를 동생에게 내주고, 서둘러 용달차를 타고 병원으로 향했다.

"잘 들어, 정지안. 세상만사 다 이유가 있는 거야. 내가 생굴을 좋아했으면 네 백일 사진은 날아갔겠지. 평생 고마워해야 할 거다. 이 은혜 뭐로 갚을래?"

진만은 형의 차 뒷좌석 카 시트에 지안을 앉혔다. 없는 머리숱에 찬 분홍색 헤어밴드와 백화점에서 산 녹색 벨벳 원피스를 입은 조카의 모습이 앙증맞아 진만은 저도 모르게 미소를 지었다.

"오오……."

진만이 뒷좌석 문을 닫으려는데, 지안이 입술을 동그랗게 모으고 기이한 소리를 냈다.

"정지안, 오오가 뭐야. 삼촌이라고 해야지. 아니다, 너 아직 말하긴 이르잖아?"

"오오오우욱……!"

지안은 꼿꼿이 고개를 든 채 분유를 토해냈다. 오오는 말이 아니라 분유를 먹고 트림을 하지 않아 토사물이 올라온다는 신호였다. 새 원피스에, 아직 새것이나 다름없는 카시트가 시큼하고 기분 나쁘게 고소한 토사물로 더럽혀졌다.

"은혜를 원수로 갚는구나."

예약 시간까지는 겨우 30분이 남아 있었다. 지금 출발해야 예약 시간에 맞출 수 있을 터였다. 벨트를 끄르려던 진만은 잠시 고민했다. 이 핏덩어리를 서툰 솜씨로 혼자 목욕시키고 엉덩이와 겨드랑이에 분을 바른 다음 옷을 갈아입혀 다시 앉히려면 한 시간도 부족했다. 게다가 성미 급한 다음 촬영 팀이 이미 사진관에 나와 우는 아이를 달래고 있을지도 몰랐다.

"냄새나는 꼬질이지만 약속을 지키는 게 더 중요해. 암, 그래야 사회적동물이지. 물티슈로 닦으면 가려질 것도 같다. 세상만사 다 이유가 있으니, 일단 고!"

진만은 토사물 냄새에 비위가 상했지만 어린 조카에게 찬바람을 쏘일 수 없어 입으로 숨을 쉬며 오솔길을 달렸다. 산과 논밭뿐인 풍경에서 어느새 포장도로가 나타나고 건물과 행인이 늘어났다. 우체국, 유치원, 공설 운동장과 읍사무소를 지나 제법 인파가 많은 번화가에 들어섰다. 진만은 엔젤스튜디오, 엔젤스튜디오, 주절거리며 고도 제한으로 전부 5층뿐인 시내 건물들을 휘돌아보았다. 그러다 파리바게뜨 2층에 걸린 엔젤스튜디오 간판을 발견하고 기쁜 나머지 숨을 씩씩 몰아쉬었다. 그때, 차 안에서 갓 지은 구수한 밥 냄새가 풍겼다.

"너, 설마 똥 쌌니?"

입으로 숨을 쉴 땐 몰랐는데, 코로 킁킁거리자 알아차렸다. 밥 냄새가 아니라 아기 똥 냄새라는 걸. 진만은 그제야 형수가 싸놓은 기저귀 가방을 현관 앞에 그대로 놓고 온 걸 깨달았다. 어쩐지 너무 가뿐하더라니.

"충분히 이해해. 나도 과민성대장증후군이거든. 특히 밖에 나오면 배가 꾸르륵거리고 뒤가 무거울 때가 많아. 아니, 솔직히 지금도 그런 상황이긴 해. 나도 너처럼 기저귀를 차고 있다면 방귀인지 똥인지 모를 뭔가를 내지르고 싶었을 거야. 짜증 내는 거 아냐. 뭐라 그래야 할까. 푸념? 자조? 너 같은 꼬맹이한테 이런 말을 지껄이는 게 창피하긴 하다. 1분만 기다려."

진만은 공터에 차를 세우고 물티슈와 기저귀를 사러 마트로 달려갔다. 스튜디오 예약 시간까지 남은 시간은 8분 남짓. 그 안에 기저귀를 갈고 토사물을 닦아낸 뒤 기괴한 표정을 지어 조카를 방싯 웃게 만들 수 있다고 그는 자신했다.

진만은 조카가 무슨 브랜드의, 어떤 사이즈의 기저귀를 쓰는지 몰랐지만 쭈뼛거릴 시간이 없었다. 매대에 물건을 진열하는 점원에게 백일짜리 여자 아기용 기저귀를 찾아 달라고 부탁했다.

"진만이? 정진만? 야, 상용이가 너 사우디 갔다 왔다던데 진짜야? 딸내미가 백일이면 거기서 결혼해 돌아온 거네.

와이프는 한국 여자야?"

마트 점원은 진만의 중학교 동창, 선경이었다.

"기저귀 좀 찾아줄래? 내가 좀 급해서."

진만은 낭패를 깨달았다. 선경은 원래도 말이 많았다. 훗날 상용과 결혼해 추어탕을 끓이면서도 쉬지 않고 떠들었다. 손님들의 항의로 마스크를 쓰긴 했지만 대개는 턱에 걸친 채 침을 튀기며 할 말을 다 하고야 마는 중년이 되어 있었다.

"나 네 소식 되게 궁금했어. 어떤 애는 감방 갔다고 수군거리고, 어떤 애는 부산에서 조폭 된 걸 두 눈으로 봤다고 떠벌리더라. 근데 네가 그럴 애는 아니잖아. 하기스야, 보솜이야?"

선경이 끄트머리만 잘라낸 장갑 낀 손으로 한쪽 매대를 꽉 채운 기저귀를 가리켰다.

"알면 안 물어봤지. 네가 대충 골라줘."

진만은 손목시계를 봤다. 예약 시간까지 3분밖에 여유가 없었다. 물건을 계산하고 차로 돌아가 기저귀를 갈긴 빠듯했다. 엔젤스튜디오 사진작가에게 양해를 구하고 화장실을 이용하기로 마음을 굳혔다.

"어떻게 딸내미 기저귀를 모르냐. 요즘 젊은 아빠들 안 그래. 솔직히 말하면, 우리 가게보다 인터넷이 더 싸. 다음엔 인터넷쇼핑몰에서 주문해. 무난한 건 하기스고, 보솜이는 가성비가 좋아. 그래도 많이 사는 게 하기스지. 근데 사이즈라……. 백일이면 소형 쓰지 않을까? 나도 애는 안 키워봐서 정확히는 몰라. 엄마한테 물어볼게. 보자 보자, 최근 통화 목록에서 울 엄……마…….”

도무지 끝날 것 같지 않은 수다였다. 진만은 무자비한 전장에서 자신이 목숨을 부지할 수 있는 건 정교한 전략과 정확한 시간에 합을 맞춘 전술 덕이라고 믿는 사람이었다. 그는 엄마, 왜 이렇게 전화를 늦게 받아. 아이, 무슨 벌써 점심이야. 있잖아, 내가 물어볼게 있는데, 하는 선경의 통화를 뒤로하고 마트를 나섰다.

냄새나고 꼬질꼬질하면 어떠하랴, 포토샵이라는 좋은 기술이 있는데. 진만은 스스로 마음을 달랬다. 그러나 문제는 이제부터 시작이었다. 공터로 돌아오니 차의 양쪽 뒷문이 열려 있었고, 마땅히 카 시트에 있어야 할 조카가 보이지 않았다. 희끄무레한 토사물 자국 위엔 빨간 보드 마커로 쓴 ‘STORAGE’라는 단어만 덩그러니 놓여 있었다. 진만이 마트로 떠난 시각은 10시 52분, 돌아온 시각은 10시 58분이었다. 6분 사이 누군가 지안을 유괴한 것이었다.

보통의 삼촌이라면 경찰에 신고하거나 행인을 붙잡고 아이 데려간 사람을 봤는지 따져 묻겠지만, 진만은 달랐다. 그는 누가, 왜 지안을 데려갔는지 알고 있었다. 100일 전까지만 해도 진만은 민간군사기업 PMC의 용병이었다. 무장단체가 폭탄과 함께 보낸 여자아이의 생명을 구하다가 반역을 저질렀고, 그 대가로 동료 일곱 명이 사망했다. 사건 이후 진만을 포함한 용병 전원이 해고되었다. 졸지에 전우와 직장을 잃은 용병들의 원망은 자연히 진만에게 쏠렸다.

"엄마 말이, 우량아 아니면 소형이래. 근데 딸내미는 어딨어?"

마트에서 뛰어 나온 선경은 하기스 기저귀 소형 한 팩을 들고 있었다. 진만은 위기에 특화된 인간 병기였다. 그는 자신이 해야 할 일을 명확히 알았다.

"휴대폰 좀 빌려줘."

진만은 선경의 허락도 받지 않고 조끼 앞주머니에 꽂힌 휴대폰을 빼냈다. 그러고는 신고 있던 신발 밑창에 숨겨둔 유심 하나를 꺼냈다. 그는 선경의 휴대폰에서 유심을 뽑은 뒤 자신의 유심을 밀어 넣었다.

"어머, 야! 내 폰으로 뭐 하는 거야?"

어리둥절한 선경에게 조용히 하라는 수신호를 보낸 뒤,

진만은 031로 시작하는 전화번호를 눌렀다. 뚜우, 뚜우, 뚜우, 뚜우, 신호음이 길게 이어졌다. 상대는 좀처럼 전화를 받지 않았다. 말 많은 선경은 너 혹시 이상한 일에 내 휴대폰 쓰는 거 아니냐, 수배됐단 말이 있던데 설마 사실이냐, 이럴 줄 알았으면 괜히 오지랖 부렸네, 하며 한탄했다.

"네, 빠르다퀵입니다."

전화를 받은 사람은 진만과 함께 방출된 용병, 혼다였다.

"범이 내 조카를 물어갔다."

진만은 인사말도, 자기소개도 없이 용건을 압축했다.

"계신 위치 확보, 22분 내 도착."

혼다 역시 진만을 호명하지 않고 필요한 대답만 남겼다.

"미안. 하필 내 폰이 고장 나서."

진만은 선경의 휴대폰에서 유심을 분리하고 원래의 유심을 다시 꽂아 돌려주었다.

"너 내가 생각하는 그런 놈 아니지?"

선경은 계절에 걸맞지 않게 반팔 차림인 진만의 팔뚝을 잡았다.

"저녁에 상용이네 가게에서 밥 살게. 7시에 보자."

"아니면 아니라고 대답을 해, 이 돼지 새끼야!"

"아냐, 아니라고."

선경이 가슴을 쓸어내리며 긴 한숨을 내쉬었다. 그녀는 잠깐만, 하고 속삭이고는 마트로 뛰어들어가 군청색 점퍼 하나를 가져다주었다.

"한겨울에 누가 반팔로 다녀. 이거 입고 이따 저녁에 돌려줘. 근데 범이 조카를 물어갔다는 게 무슨 뜻이야?"

진만은 22분간 선경의 의심 섞인 질문을 들어주었다. 아니야, 응, 고마워, 걱정 마, 같은 대답을 매크로처럼 뱉으며 머릿속으로는 퇴직 용병들의 수장인 범을 떠올렸다. 암살이나 타격에 앞서 전술을 세울 땐 무엇보다 타깃을 선명하게 바라봐야 했다. 생활 루틴은 말할 것도 없고 즐겨 입는 옷, 단골 식당, 그곳에서 만나는 주변인, 매일 먹어야 하는 약, 누굴 사랑하고 누굴 미워하며, 사랑하고도 미운 단 하나의 존재가 무엇인지까지. 이 모든 게 약점이었다. 진만이 아는 한, 범은 일본인 어머니와 중국인 아버지 사이에서 태어나 한국인 아내 정하와 결혼했다. 네이비 실에 비견되는 인민해방군 교룡돌격대 출신의 범은 용병 내에서도 육탄전에 특화된 최정예였다. 유인원처럼 치솟은 미릉골에 납작한 코, 각이 진 육중한 턱을 가진 장신의 범은 이름처럼 인간이라기보다 짐승에 가까웠다.

"할 말은 많지만 지금은 영업시간이니까, 이따 저녁에 만

나서 제대로 하자. 나 간다."

선경은 들고 있던 기저귀를 진만의 품에 안겨주고, 아쉬운 듯 발걸음을 돌렸다. 곧이어 혼다 쉐도우 750을 탄 혼다가 먼지바람을 일으키며 진만 앞에 멈춰 섰다.

"스토리지 열쇠와 지안이를 맞교환하자는 거죠?"

새카만 헬멧 실드를 올린 혼다가 물었다. 파편흔 흉터가 가득한 얼굴이었다.

"창고지기보다는 무기상이 돈이 되니까."

진만이 뒷자리에 올라 꽁무니에 매달려 있던 헬멧을 썼다.

상대는 진만을 석 달하고도 열흘간 연구하고 관찰하며 차근차근 준비한 맹수였다. 그가 원하는 건 한국전 대비용으로 PMC가 비밀리에 보관해둔 무기 창고의 열쇠였다. 그런 창고는 분쟁지역마다 하나씩 존재했고, 각국 출신 용병 중 한 명이 관리자 자격을 부여받았다. 한국 국적을 취득한 범은 자신이 모든 면에서 적임자라고 확신했지만, 혈통에서 밀려 열쇠는 진만에게 돌아갔다.

모든 용병이 해고된 지금, 국가별 창고지기는 공식적으로 공석이었다. 그중에서도 한국은 휴전국의 창고인 만큼 장비의 규모와 품질이 최정상급이었다. PMC는 공석 기간 동안 진만이 창고를 사수해주는 대가로 사고의 책임을 묻지 않고 목숨만은 붙여주었다. 그가 납작 엎드려 세상과 단절한 이유였다.

"스토리지로 갑니까?"

혼다가 물었다. 오는 내내 골몰했지만 뾰족한 수가 나오지 않았다. 범이 이미 일본 창고의 열쇠를 탈취했다는 소문이 돌고 있었다. 한국 창고까지 손아귀에 넣으면 PMC의 보복 따위는 두렵지 않을 만큼 막강해질 터였다. 지안을 되찾으려면 범과 손을 잡아야 했다.

"아니, 일산 롯데시네마로 간다."

"거긴 왜……?"

"범의 와이프는 〈매트릭스〉 시리즈 광팬이야. 미니홈피에 예매권 사진을 찍어 올린 적이 있지. 마침 오늘이 그날이야. 입장까진 정확히 41분 남았다."

혼다는 진만의 의중을 알아차렸다. 상대가 인질을 잡고 협박하니, 그에 대응할 만한 인질을 만들어 협상을 끌어내겠다는 계획이었다. 타깃은 범의 아내, 정하였다. 궁금한 게 많았지만 혼다는 묻지 않았다. 그저 클러치를 풀고 거침없이 도로 위를 달려나갔다.

수전은 손가락으로 대마초를 비벼 끄고 휘청거리며 현관을 향해 걸어갔다.

"저, 얘기가 덜 끝난 거 같은데요? 무기 밀매상이 된 이유가 저 때문이라면서요. 범이라는 남자 와이프를 납치해서 저랑 맞교환했으면 해결된 거 아니에요? 창고도 지켰고 조카도 되찾았으면 끝인 거지, 쇼핑몰을 차린 이유와 연결이 안 되잖아요."

수전은 비록 나를 용의자로 의심했지만 분명 삼촌에 대해 아주 많은 것을 알고 있었다. 지금껏 머더헬프의 주축이 킬러 집단인 레드코드와 정보원 퍼플코드라고 생각했는데,

새로운 실세가 실루엣을 드러낸 것이다.

"그래, 덜 끝났어. 내게도 용기가 필요한 이야기거든. 결과적으로 진만 씨는 아무것도 지키지 못한 것 같다만."

그때 작업실 문이 열렸다. 그림책이 캐리어를 들고 날렵하게 빠져나와 수전을 부축했다. 수전은 괜찮다며 그림책을 밀어내고 걸음을 옮겼다.

"살날 얼마 안 남았다면서요! 그 용기, 지금 내면 안 돼요?"

삼촌이 들었으면 어른한테 버르장머리 없는 소릴 잘도 한다며 워럭 화를 낼 만한 상황이었다. 하지만 이런 말로 도발이라도 하지 않으면 머더헬프의 기원을 영영 듣지 못할 것만 같았다. 모든 답은 과거에 있으니까, 삼촌의 죽음을 이해하려면 실타래의 근원부터 해체해야 했다. 열린 문틈에서 피비린내가 진하게 풍겨왔다. 속이 메스껍고 머리가 무지근했다.

"그 얘길 들으려면 너도 용기가 필요할 게다. 곧 진만 씨의 생사를 알아내 돌아올 테니 밖에서 의심하지 않게 잘 운영해. 알았지?"

수전은 단호한 말투로 대답하며 넌지시 그림책을 응시했다. 정신을 차린 브라더가 머리를 긁적대며 다가왔다.

"운영은 무슨. 형님한테 진짜 무슨 일이 생겼다면 우린 한시라도 빨리 여길 떠나야 해요. 더는 레드코드의 도움을 받을 수 없으니 탈출만이 살길이죠. 죽기 싫어요, 저."

가뜩이나 좁은 브라더의 어깨가 더 작아지고 쳐졌다.

"걱정 뚝. 우리 창고가 거의 금고 수준인 거 브라더도 잘 알잖아요. 그보다…… 혹시 나한테 위험한 장치가 있다거나 인간 병기라거나, 그런 얘긴 못 들었어요?"

삼촌이 범의 아내를 납치해 나와 맞교환했다면 거기서 사태는 일단락됐어야 했다. 그런데 수전은 삼촌이 나로 인해 무기 밀매를 시작했다고 말했다. 무사히 애를 돌려받았으면 그만이지 돌연 무기 창고를 사유화해 새로운 갈등을 일으킬 만한 이유가 없었다. 혹시 범이 내 몸에 폭발 장치 같은 거라도 이식한 게 아닐까. 무기를 열어 반씩 나눴거나 버는 돈의 얼마씩을 범에게 보내는 조건으로 목숨을 붙여놓은 것일지도.

"전혀요. 그런 게 있다면 형님이 그냥 내버려뒀겠어요? 정씨들 참는 성격 아니잖아요. 바로 수술대에 올려서 뽑아내고 피의 응징을 했겠죠."

"성만 같지 우리 그렇게 안 비슷해요! 자꾸 얻다 갖다 붙여."

"난 참 신기하더라. 두 사람 눈알이 똑같아요. 눈 모양이 같다는 게 아니라 눈동자에 깃든 소울 같은 게 딱 같은 인간인 거지. 다혈질이면서 소심하고, 냉정하면서 또 뜨뜻할 때가 있단 말이죠."

바깥에서 중후한 자동차 엔진음이 들렸다. 수전이 떠나는 소리였다. 어떻게든 쇼핑몰을 다시 굴러가게 만들어야 했다. 인력 파견은 잠시 쉰다 해도 무기 출납까지 멈추면 거래처들이 수상쩍게 생각해 동맹을 깨고 약탈을 꿈꿀지 몰랐다. 이제야 알게 된 적, 범이 내려올 것도 두려웠다.

"브라더, 장사는 어떻게 해요? 배달 앱처럼 알람이 울리면 배송 나가는 시스템은 아닐 테고."

모든 답은 과거에 있다지만, 아무리 기억을 더듬어봐도 삼촌이 어떻게 무기를 납품받아 출고하고 무슨 방식으로 수금하는지 알려준 적이 없었다.

"주문받아 포장하고 배달 용역 부르는 일은 원래 내가 했어요. 형님은 인력 배치하고 무기를 수급했는데, 그게 순전히 말발로 한 거라, 흠…… 걱정이네요. 대화야 메신저로 나눈다 해도, 형님 특유의 쪼가 있어서 상대가 속아 넘어갈까요?"

갈 리가 있냐고 한탄하고 싶었다. 세대와 성별, 성격과 말투, 지식과 경험 뭐 하나 비슷한 게 없는데 무슨 수로 삼촌을 흉내 낸단 말인가. 어설프게 굴다 바로 들킬 게 뻔했다.

"제가 도와드린다고 했잖아요."

수전을 배웅하고 돌아온 그림책이 이번에는 캐리어 대신 큼직한 백팩을 들고 있었다.

"옐로코드가 뭘 안다고 경영을 돕네 마네……."

브라더도 그림책의 도움이 달갑지 않은 모양이었다.

"그림책, 내가 너그러워 기회를 주는 건데 솔직해집시다. 정말 우리 삼촌에 대해 잘 알아요? 옐로코드들끼리 하는 말 주워듣고 끼적거린 걸 수전이 확대해석 한 거 아니냐고요. 자신 없으면 지금 말해요."

내 말에 그림책은 마스크를 벗어 재킷 호주머니에 넣었다. 비로소 온전한 얼굴을 볼 수 있었다. 굽실거리는 단발머리에 이목구비가 단아하고 여성스러운 미인이었다. 언뜻 본 손바닥은 이 바닥 사람답지 않게 굳은살이 보이지 않았다. 신체 단련할 시간에 그림 그린 표시가 났다.

"스토리작가가 진만 삼촌이에요. 난 거의 작화만 담당했고요. 너무 오그라드니까 쓰지 말래도 매 화에 '잘 들어, 정지안'으로 시작하는 대사가 있었어요. 나도 이렇게 얽힐 생각은 없었는데, 수전 씨한테 웹툰 그리는 걸 들켰어요. 삼촌과 나만 아는 비밀이었는데, 깜빡하고 외장하드를 꺼내 놔서."

"삼촌? 아저씨도 아니고 삼촌이라 부르는 건 좀 아닌 거 같은데. 내 삼촌이거든?"

삼촌을 삼촌이라 부를 수 있는 사람은 나밖에 없었다.

"삼촌이 그렇게 부르라던데요? 근데 유럽은 밤일 텐데 오퍼 들어오지 않나?"

그림책은 당당했다. 아, 그런 건 모르겠고. 내 앞에선 그렇게 부르지 말라고. 어딜 개족보로 만들려고 들어. 너 눈치 없어? 속으로만 화를 냈다. 차마 말로 꺼내놓지 못한 이유는, 솔직히 쪽팔려서였다. 조카인 나는 어리둥절한데 명예 조카인 그림책은 이미 쇼핑몰 운영을 걱정하고 있었다.

"삼촌이라는 호칭에 꽂혀서 열 낼 거 없어요. 냉정하게 바라보면 그림책은 수전 씨가 꽂아놓은 첩자일 가능성이 높아요. 난 그런 사람하고 같은 공간에서 일 못 해요. 뭔가 꿍꿍이가 있어 보이잖아요. 이 위험한 데를 왜 자꾸 지키라는 건지 모르겠어요. 난 나갈래요. 지안 씨도 같이 가요. 더 이상 머더헬프는 안전하지 않아요."

브라더의 얼굴이 불긋불긋 달아올랐다.

"삼촌은 머더헬프를 나한테 넘겼어요. 자신은 없지만, 그렇다고 무책임하게 튈 수는 없어요. 그리고 그림책 웹툰 엔딩도 들어야 해요. 물론 수전 씨 부탁이지만 나도 궁금하거든요. 삼촌이 예측한 머더헬프의 운명이요."

"현실적인 엔딩은 나도 알겠어요. 보나 마나 어중이떠중이 자객들한테 약탈당하고 개죽음. 고집부리지 말아요. 형님이 지안 씨에게 머더헬프를 맡긴 건, 우리 중 가장 냉정하게 이 악당 소굴의 문을 닫아버릴 수 있는 사람이기 때문일 거예요."

브라더의 말이 옳았지만 선뜻 발이 떨어지지 않았다. 나는 그를 향해 고개를 가로저어 보였다. 브라더는 원망 어린 눈길로 그림책을 바라보다 창고 쪽으로 돌아섰다. 말릴 수 없었다. 브라더는 형 혼다와 달리 어딘가 뿌리내리길 바라는 사람이었다. LED 조명 대신 보드레하게 볕 드는 거실에 앉아 일하다, 짬이 나면 전자기기기능사나 정밀측정기능사 같은 국가공인자격증을 공부하는 그런 삶을 살고 싶어 했다. 삼촌의 생사가 불분명한 지금, 브라더의 부재는 더욱 크게 느껴질 테지만, 그건 내가 극복해야 할 과제였다.

"쇼핑몰을 제대로 운영하려면 말투부터 바꿔요."

그림책은 나를 지나쳐 창고 문 정맥 인식 패널 앞에 섰다. 이미 등록된 삼촌, 나, 브라더밖에 출입할 수 없는 시스템이었다.

"내 말투 뭐요? 장사 홍정 같은 건 메신저로 한다면서요. 이전에 나눈 대화가 있겠죠. 그거 보고 대충 따라……."

그림책은 인식기에 자신의 손을 가져다 댔다. 그러자 잠금장치가 열렸다.

"뭐야, 해킹했죠? 우리 방화벽이 그렇게 만만하지 않은데 어떻게 한 거예요?"

날씨가 흐린 탓일까. 창고의 천장조명이 평소보다 더 눈부셨다. 그 아래 삼촌의 손길을 거쳐 반들반들 윤이 나는 권총과 소총, 기관단총, 대검, 단검, 단도, 비수, 각종 폭약과 탄창 들이 냉기를 뿜어내며 정렬돼 있었다.

"옐로코드가 쥐새끼도 아니고 해킹은 무슨. 삼촌이 예전에 등록해주셨어요. 또 그게 언제냐, 왜 너만 특별 대우냐 질투하지 말고 건설적인 얘기 좀 해요."

내가 하려던 질문을 그림책이 차단했다. 그녀는 발뒤꿈치를 들어 키를 높이고 창고 안을 찬찬히 둘러봤다.

"삼촌 묘사대로 진짜 무기 만물상이네요. 사진 찍어서 웹툰 배경으로 써야겠다."

"머더헬프 실체가 드러나면 모두 위험해질 텐데, 꼭 웹툰 연재를 해야겠어요?"

"실체 밝힐 일 없어요. 나도 옐로코드들을 위험에 빠트리기 싫어요. 수전 씨가 머더헬프를 정상화시키면 쇼핑몰과 주요인물 설정을 바꾸는 조건으로 외장하드를 돌려준댔어요. 투고까지 한 달 남았어요. 그 안에 나갈 거예요. 어떻게든 삼촌 몫을 해낼 테니 걱정 말아요."

건장한 몸에 야무진 말투의 그림책은 어마어마한 무기 앞에서도 평정심을 유지하는 담대한 여자였다. 창고에 처음 발을 디딘 날 내가 떨었던 호들갑이 부끄러워졌다. 내가 삼촌이라도 저런 조카를 바랐을 거란 생각이 들었다.

"엔딩은 구상했어요?"

본격적으로 나와 수전의 궁금증을 해결하기로 했다.

"대충은. 근데 아직 고심 중이에요."

"삼촌 대본은 어떻게 끝나는데요?"

그림책은 엔딩 질문에 대답은 않고 휴대폰으로 무기 사진을 찍느라 바빴다.

"브라더 방 뺐나 봐요. 내 웹툰에선 되게 소심한데 실제로는 꽤 결단력 있네."

그림책이 소방 도끼와 산악 도끼, 손도끼가 나란한 진열대 앞에 가방을 내려놓았다. 진열대 맞은편에서 브라더가 걸어오고 있었다. 그는 박스 두 개가 담긴 핸드 카트를 끌고 훌쩍훌쩍 눈물을 삼켰다. 예상보다 빠른 독립에 나 역시 눈시울이 시큰했다.

“앱으로 시내에 원룸 하나 얻었어요. 내일 일찍 출근해서 작업실 치울게요. 오늘만 먼저 퇴근합니다.”

그림책이 그를 향해 손 인사를 했다.

“기다려, 브라더! 운전 못하잖아요. 내가 데려다줄게요.”

“형이 타던 혼다 있잖아요. 나오지 말아요. 괜히 마음 약해지니까.”

이미 다 무너진 게 보였다. 브라더는 어금니까지 드러내고 엉엉 소리 내어 울었다. 그는 여기서 성장해 자연히 취직했고, 얼결에 몇 번이나 목숨을 던져왔다. 정진만의 한결같은 부하였지만 때론 지안, 때론 민혜, 이젠 그림책에게까지 밀려 겉돌게 되었다. 알끈처럼 노른자를 놓지 않고 지켜낸 브라더는 너무 오랫동안 푸대접을 받아왔다. 콧물이 부풀어 커다란 방울을 만들면서도, 그는 뚜벅뚜벅 걸어나갔다.

“잘 들어, 정지안. 네가 지금 재 걱정할 때야?”

그림책이 심각한 얼굴로 삼촌이나 할 만한 소리를 했다.

“아니, 삼촌 말투 가르친다는 취지는 좋은데요. 내 입장에선 초면인데 다짜고짜 반말은 좀 아닌 거 같은데? 갑자기 훅 들어오면 어떡해요.”

"원래 적들은 사람 얼빠졌을 때 치고 들어오기 마련이야. 너, 기억해봐. 시험 끝나면 꼭 감기 몸살 걸렸잖아. 맥이 탁 풀리니까 바이러스 공격에 맥을 못 추지."

그림책은 다시 백팩을 집어 들고 브라더의 숙소를 향해 걸었다.

"그런 정보는 도대체 어디서 얻었어? 삼촌이 미주알고주알 다 알려주진 않았을 거 아냐. 설마 웹툰에 그런 에피소드가 나와?"

나도 슬그머니 말을 놓으며 그녀를 뒤따랐다.

"미주알고주알 가르쳐주던데? 그리고 웹툰 그리려면 AI를 잘 다뤄야 해. 거기다 들입다 삼촌식 말투를 학습시켰지. 정지안, 넌 젊은 애가 그런 것도 예상 못 하냐?"

그림책은 마치 삼촌에게 빙의된 것 같았다.

"삼촌 화법이 맨스플레인과 꼰대어를 섞는다는 건 확실하네. 경고하는데, 너 일할 때만 삼촌 화법 써."

나는 브라더의 숙소 한쪽에서 사용 흔적이 거의 없는 진공청소기를 꺼냈다. 당분간은 함께 지내야 하니 집주인으로서 뭔가 하는 시늉은 해야 했다. 천장과 벽의 먼지를 털어내고 바닥의 먼지를 빨아들인 뒤 침대, 책상과 의자, 진열장과 그 안에 든 헌터×헌터 피규어들까지 닦아냈다.

"너 뭐 해?"

청소하는 내내 진열대를 구경하던 그림책이 의아하다는 표정으로 다가왔다.

"이 방 너 쓰시라고. 대충 치웠고, 걸레질은 직접 해."

새 침구를 가지러 방을 나섰다.

"싫은데? 남자 냄새 뱄잖아."

그림책의 말마따나 방 안은 텁텁하고 느끼한 호르몬 냄새가 깊이 배어 있었다. 그걸 완전히 제거하려면 벽지와 매트리스까지 바꿔야 하는데, 이 미심쩍고 되바라진 객식구에게 그런 호의를 베풀 이유가 없었다.

"여기 싫으면 삼촌 작업실 청소해서 쓸래? 본채 부모님 방은 잡동사니로 꽉 찼거든."

그림책은 못마땅한 표정으로 백팩을 짊어졌다.

"나 잠자리 예민해. 거기서 자면 가위 눌릴 거야. 네 방 같이 쓰자. 침대도 더블 사이즈라며."

남과 공간을 공유하고 싶지 않았다.

"거실 소파도 푹신해."

그림책을 향해 애써 웃어 보였지만 비웃음으로 해석될 터였다.

"내 웹툰 결말 안 궁금한가 보네?"

잠시 잊고 있었다. 당근을 흔드니 받아먹어야 했다.

"룸 쉐어하면 결말 말해줄 거야?"

"너 하는 거 봐서. 침대는 내가 안쪽 쓴다. 잠버릇이 고약해서 여차하면 떨어지거든. 나 코 골고 이 가는데 미리 양해 부탁."

그림책이 양손을 모아 합장하는 이모지를 흉내 냈다.

"적어도 내가 삼촌 해코지한 범인은 아니란 거네? 그러니 겁대가리 없이 한방을 쓰겠다고 하지. 안 그래?"

평범한 질문 같지만 삼촌이라면 단박에 알아차릴 빈정 섞인 말투였다. 여기서 조금만 더 심사가 뒤틀리면 나도 내가 어디로 튈지 몰랐다. 상대는 무기 없는 옐로코드였다. 그리고 여긴 칼과 총, 폭약이 지천에 깔린 무기고다. 날 악인이라 확신하는 외부인한테까지 친절할 만큼 나는 말랑한 인간이 아니었다.

"이걸 어쩌나. 범인이 밝혀지는 게 결말이라 스포를 못 하겠어. 머더헬프를 바라보는 옐로코드의 심리묘사도 지금 네가 알아서 좋을 게 없고. 게다가 내 웹툰이 예언서는 아니잖아. 창작물에 자아 의탁하지 마."

방어적으로 나오는 걸 보면 그림책, 아니, 저들 옐로코드도 뭔가 숨기는 게 있어 보였다. 그러니 내 앞에 심리묘사를 꺼내놓기 불편한 것이리라.

"그래, 뭐 알았다. 근데 옐로코드들은 다 너 같아?"

"나 같다는 게 뭐야?"

"야망과 포부로 똘똘 뭉쳤냐고. 정식 연재하고 싶어 안달이잖아."

내 질문에 그림책이 웃으며 고개를 가로저었다.

"떠보는 거 알지만 솔직히 말해줄게. 우린 다른 코드들과 많이 달라. 옐로코드는 전부 범죄 희생자의 가족이지. 야망과 포부가 아니라 원망과 자책을 하는 우울한 엘리트들이야. 나 빼곤 수전의 장학금으로 의사나 과학자가 됐어. 다들 배트맨처럼 복수하려고 옐로코드가 됐다고는 하지만 핑계 같아. 그냥 거기가 좋아 보였던 거지. 비슷한 결에, 비슷한 상처가 있는 유사 가족 같달까. 우린 머더헬프가 없어도 자립할 수 있는 유일한 코드야. 실험하고 학술지 논문 쓰고 강의하며 스릴은 없지만 명예롭게 살아갈 수 있어. 그럼에도 머더헬프를 돕는 거야. 친구가 곤경에 처했으니 외면할 수 없잖아. 신기하게도 옐로코드 전원의 성격유형이 ISFJ거든."

ISFJ의 대표처럼 그림책이 대답했다.

"근데 넌 의사나 과학자도 아닌데 어떻게 옐로에 들어갔어?"

가장 궁금한 점이었다. 설령 범죄로 부모를 잃었다 해도 의사나 과학자가 되기에는 너무 어렸다.

"몰라, 네가 어쩌다 정진만의 조카로 태어났는지 모르는 것처럼. 유치원 다닐 나이쯤 됐을 때 거기로 보내져 자라왔어. 네가 정지안인 걸 내가 동정하지 않듯 너도 신경 꺼라."

그림책이 퉁명스럽게 말하고는 구형 휴대폰에 이어폰을 연결해 귀에 꽂았다. 뭔가 더 있을 것 같았지만 당사자가 조개처럼 입을 꽉 닫아버리니 당장은 다그쳐봐야 소용 없을 듯했다.

"삼촌 작업실 대신 브라더의 숙소를 사무실로 쓸까 해. 일단은 거기서 시작하자. 그 뭐냐, 인터넷 짤 있잖아. 다 무너져가는 건물에 '우리 식당 정상영업 합니다' 현수막 건 거. 비록 이 꼴이지만 장사하는 시늉은 해야지."

내 목소리가 음악에 묻혔는지 그림자는 대꾸가 없었다. 막막했다. 이 상황이 터무니없었다. 모든 증거는 삼촌의 죽음을 가리켰고, 용의자는 최측근인 나였다. 그럼에도 꾸역꾸역 희망 회로를 돌리며 머더헬프를 운영해야 할 사람도 나였다. 이럴 거면 차라리 날 되찾지 말지. 범의 딸로 살게 내버려뒀으면 기댈 부모라도 있잖아. 안 그래요, 정진만 씨?

침실의 불을 꺼도 그림책은 스탠드 조명을 켜고 그림책을 읽었다. 책장에서 이토 준지의 공포 컬렉션을 찾았다며 환호하더니, 허락도 없이 내 태블릿을 가져다 드로잉을 시작했다. 피곤할 만도 한데 그림책을 읽고 그림책을 그리는 그녀의 눈동자는 보석처럼 빛났다.

나는 저런 눈빛을 가져본 적이 없었다. 가장 좋아하는 건 침대나 소파에 누워 스마트폰으로 커뮤니티를 훑고, 유튜브를 감상하고, 인스타 비밀 계정으로 주변 사람들을 염탐하는 게 전부였다. 언뜻언뜻 액정에 비치는 내 눈동자는 얼었다 녹았다를 반복한 생선처럼 탁했다. 다나를 만나 잠시 생기가 돌았던 시절조차 나는 무아지경이라고 표현할 만큼 뭔가에 푹 빠지진 않았다. 늘 어딘가 불편했고, 신경이 곤두섰고, 내 신세가 처량해 뒤척이느라 밤잠을 설쳤다. 다나는 그런 나를 회피형의 전형이라고 했다. 지안아, 곰곰이 생각해봐. 어느 순간부터 네 감정 표현의 귀결은 귀찮다, 한마디로 압축되고 있어. 그럼 안 돼.

귀찮아서 끼니를 굶고 귀찮아서 결석을 하고 귀찮아서 연락을 끊었지만, 귀찮다는 감정 뒤엔 너무나 섬세하고 복합적인 진짜 이유들이 있었다. 집단에서의 의무감이나 책임감이 버거웠다. 쉽게 상처받고 빨리 아물지 못하는 내 본질을 인정하기 싫었다. 나를 존중하지 않는 사람 앞에서 웃는 낯을 유지하기도 힘들었다. 졸업 후 사회로 진출해야 했지만 나는 다양한 타인을 감당할 깜냥이 안 되었다. 머더헬프를 승계하려던 진짜 목적은 회피형 사고 때문일지도 몰랐다. 삼촌이 만들어놓은 어둠의 왕국 첨탑에 숨어 클릭과 타이핑만으로 인간 구실을 할 줄 알았으니까. 이젠 그조차 귀찮게 느껴졌다.

"나 원래 잠 없어. 하루에 세 시간, 그것도 끊어서 자."

묻지도 않은 말에 그림책이 대답했다.

"그래서 뭐?"

나는 수면 안대를 살짝 걷어 스탠드 조명 아래서 드로잉하는 그림자를 바라봤다. 얇은 티셔츠 위로 어깨뼈가 도드라질 만큼 군살 없는 등허리에, 머리를 질끈 묶은 내 또래의 뒷모습이었다.

"안 자면 대화라도 하자는 거잖아."

"누가 범인인지……?"

"범인 얘기 말고 네 얘기 해. 내가 트라우마가 많아서 아는데, 고통에서 의식적으로 멀어져야 해. 그래야 겨우겨우 살 수 있어."

나는 안대를 완전히 벗고 침대에서 일어나 그림책 곁으로 다가섰다. 중학교 입학할 때 들인 책상엔 세븐틴과 마마무 포토 카드, 왜인지 버리지 않고 쌓아놓은 문제집으로 너저분했다. 그림책이 그리고 있는 건 글록17 한 자루를 쥐고 있는 털 부숭부숭한 손이었다. 살아 움직일 것만 같은 투실한 그 손은 누가 봐도 삼촌의 것이었다. 내 태블릿이 넷플릭스 전용 모니터 이상의 역할을 하는 건 처음이었다.

"금손 맞네. 너한테 우리 삼촌은 어떤 사람이었어?"

삼촌을 삼촌이라고 부르지만 그의 사고 현장에선 무척이나 담담했던 그림책의 표정이 떠올랐다. 창고 도어록에 정맥을 등록해주고 웹툰 대본까지 써줄 만큼 가까운 사이였는데, 어떻게 아무렇지 않은 걸까.

"불편한 사람. 아홉 살 때부터 파지법과 총기 분해 조립을 가르쳤거든. 혹시 레드코드로 보내려는 게 아닐까 싶을 만큼 혹독했지. 수전도 말리지 못할 정도였어. 한번은 나를 동굴에 넣고 입구를 막아버린 적도 있었어. 3일 뒤에 돌아오겠다고 했지만 거긴 랜턴이나 침낭도 없었지. 한여름이었는데도 동굴 안은 너무 춥고 천장에선 차가운 물이 계속 떨어졌어. 첫날은 동굴 입구에서 꼼짝 않고 버텼는데, 그다음 날부터는 배도 고프고 물도 마셔야 해서 안쪽으로 들어가야 했지."

그림책이 동굴 안에서 무엇보다 견디기 어려웠던 건 끔찍한 환각이었다. 세탁기처럼 좁고 캄캄한 공간에 몸이 묶여 누군가의 그치지 않는 비명을 들었다고 했다. 탈출하려고 버르적거릴 때마다 그녀의 발목을 악착같이 움켜쥐는 말랑하고 뜨거운 손의 감촉이 생생했다.

"어려서부터 가끔 꾸는 악몽이었는데, 빛 한 점 없는 동굴 속에선 그 꿈이 떨쳐지지가 않는 거야. 그래서 정신 차리고 걷기로 했지. 악몽이 닿지 않는 곳까지 나아가다 보면 새로운 통로가 있을 것 같았거든."

그림책은 길을 잃지 않으려 자신의 티셔츠를 앞니로 죽

죽 찢어 종유석에 걸며 나아갔다. 고작 열일곱이었지만 희미한 물소리를 지표 삼아 조심조심 발을 옮겼다. 탈수로 혓바닥이 바싹 말라 벽에 흐르는 물을 핥아봤지만 박쥐 배설물이 섞여 있어 토해내야 했다. 몇 시간, 어쩌면 반나절을 걸어 그녀가 당도한 곳엔 랜턴과 전투식량 그리고 페트병에 든 물이 있었다. 용감한 도전을 한 덕에 얻은 삼촌의 포상이었다.

"랜턴으로 동굴을 수색하다 곡괭이를 발견했어. 삼촌이 일부러 둔 거 같진 않았고 아마 거길 채굴하던 광부가 버리고 간 거였겠지. 난 그걸로 동굴 입구를 막은 합판을 부쉈어. 손바닥이 갈기갈기 찢기다시피 했는데도 오기가 생겨서 계속 내리쳤어. 꼬박 다섯 시간이나 걸리더라. 밖엔 삼촌이 서 있었어. 밀크셰이크를 마시며."

말을 마친 그림책이 그림에 음영 작업을 이어갔다.

"어떻게 애한테 그런 미친 짓을 해? 그래서 가만있었어? 곡괭이로 확 찍어버리지."

삼촌이 어린애를 무자비하게 학대했다는 사실이 경악스러웠다.

"사실 삼촌이 나를 죽여도 할 말 없는 상황이었어."

"왜?"

그림책의 트라우마를 건드린 건지, 그녀가 펜을 든 손을 멈추고 잠옷 바지에 손바닥을 문질러 땀을 닦았다.

“전투나 전술엔 큰 재능이 없었고, 고학력자들 틈에서 어깨를 겨누기엔 지능도 달렸지. 잘하는 건 딱 하나, 그림 그리기였는데 몰래 습작하다 삼촌한테 걸렸거든. 스토리보드에 불과했지만 거긴 너와 삼촌의 실명, 그가 하는 일, 머더헬프의 위치, 반타블랙 웹 우회 접속법까지 적혀 있었어. 너도 알다시피 그거 즉결 처형 가능한 이적행위잖아. 그런데 기회를 줬어. 동굴에서 사흘을 버티면 훈련도 빼주고 소재를 허락해주기로.”

“잘 이해가 안 되네. 널 살려준 삼촌도 이상하고, 굳이 다른 소재도 많은데 집단을 위험에 빠트리려는 너도 또라이야.”

웹툰에서 가장 인기 있는 장르는 단연 로맨스 판타지였다. 이생이나 전생이나 타임 리프를 넣고 비벼도 맛있고, 잘생긴 남자 둘을 붙여 BL로 무쳐내도 수요는 많았다. 가장 인기 없는 장르야 말로 누아르나 하드보일드 아닌가.

“누구의 이해를 바라고 하는 일은 아니었어. 우산을 지팡이로 쓰는 사람처럼, 난 태어난 용도와 다른 일을 즐기는 사람일 뿐인 거지. 그것 때문에 죽는다 해도 뭐, 어쩌겠어.

내 선택인걸. 근데 넌 정진만의 진짜 조카면서 곡괭이로 찍으란 말이 나와?"

그야 피할 수 있는 사람이니 할 수 있는 말이었다. 삼촌과 살며 가장 열받는 순간은 내가 장난으로라도 그에게 주먹을 날리거나 뒤에서 발길질을 하면 팽이처럼 몸을 돌려 야구 글러브 같은 손으로 내 손목을 비틀어버린다는 거였다. 눈 하나 깜짝 않고.

"너무 어이없어 대답하기도 귀찮다. 다들 뭔가 한 가지씩 망가졌어."

나는 다시 침대로 돌아가 수면 안대를 덮어썼다. 예술가라는 게 목숨을 걸 만큼 가치 있는 직업인지 이해할 수 없었다. 기계공, 바리스타, 마트 캐셔, 택배 기사, 회계사와 교사, 그 외의 수많은 직업군은 죽음을 각오하고 직업을 사수하지 않는다. 유독 예술가들만 직업을 자기 자신과 동일시했다. 그러고 보니 지금은 의절한 외삼촌도 예술가라고 했다. 가난한 집 장남이 어렵게 사대문 안에 드는 대학 경영학과에 입학해, 하라는 공부는 뒷전으로 미루다 제적되었다고 들었다. 무려 6년이나 휴학과 복학을 거듭하며 그가 허송세월한 시간은 지금 돈으로 환산하자면 1억 원에 달했고, 여파는 밑으로 태어난 두 여동생을 덮쳐 대학 진학을 포기하게 만들었다. 가족 볼 낯이 없던 외삼촌은 군 제대 후 홀연 미국으로 떠났다. 지금 그는 데이비드라는 이름의 미국인이 되어 픽사의 애니메이터로 살고 있다. 외삼촌에게 맺힌 게 많은 가족들은 그의 성공조차 달가워하지 않았다. 나 역시 그들과 생각이 다르지 않았다.

"난 네가 부러웠어. 뭐든 될 수 있었으니까. 웹툰 작가든 애견 미용사든 치위생사든, 삼촌은 응원해줬겠지. 너한텐 늘 많은 기회가 있었는데 왜 머더헬프를 갖고 싶어 했는지 이해할 수 없었어."

그림책의 말에 동의했다. 머더헬프라는 거대한 블랙홀을 인지한 순간 여길 떠났어야 했다. 삼촌은 유해하고, 그의 유산 또한 유해했다. 나는 귀마개를 찾아 그림책의 목소리를 끊어내고 잠을 청했다. 소음이 가시자 내 심박음과 숨소리가 커졌다. 아, 지금 나 많이 무섭구나.

일주일쯤 지나자 삼촌이 어떻게 이 많은 무기와 인력을 수급했는지 어렴풋이 감이 잡혔다. 그는 눈 뜨고 있는 시간 대부분을 딥웹 유저들의 메신저에 접속해 물건을 낙찰받았다. 자동권총, 기관단총, 산탄총, 전자기 펄스와 클레이모어, 그 모든 것들을 마개조 할 만한 부품까지 철저히 계산

하여 가격을 협상하고 배송 수단을 결정했다. 그러기 위해서는 지식이 아니라 경험이 필요했는데, 나와 그림책은 아는 게 없었다. 이럴 때 생각나는 사람이 있었다. 비록 바빌론의 하수인이 되어 처형당했지만 삼촌을 대신할 만한 단 한 사람, 민혜였다.

"너 민혜 언니도 알겠네? 그 의자, 언니가 좋아했어."

브라더의 숙소였던 사무실은 방향제를 뿌려도 텁텁한 체취가 가시지 않았다. 먼저 출근한 그림책이 민혜가 종종 앉던 안락의자를 차지하고 있었다.

"대충. 배신할 걸 알면서도 받아준 유일한 레드코드잖아."

예상치 못한 대답이었다. 민혜가 삼촌을 배신한 건 최근이었다. 그런데 그림책에 말에 의하면 삼촌은 애초부터 민혜의 배신을 알고 있었다는 뜻이었다.

"난 그런 얘기 처음 듣는데……."

얼굴이 홧홧했다. 삼촌은 내게 직업 선택의 자유를 제공했지만, 그걸 위해 오랜 시간 눈과 귀를 막아왔다. 밑그림도 없이 1만 피스짜리 퍼즐을 맞추는 기분이었다.

"별거 아냐. 3화에 그렸나? 노예처럼 살던 민혜를 삼촌이 구출했거든. 그런데 민혜한테는 본국에 형제자매가 넷이나 있었어. 삼촌 덕분에 민혜는 자유 신분을 얻었지만 나머지 형제자매들은 바빌론 손아귀에 들어간 거지. 민혜는 처음부터 알고 있었어. 바빌론을 박살 내지 못할 테니 그 밑으로 들어가야 가족을 구할 수 있다는 걸. 그 어린 애가 말이지."

그림책은 담담하게 웹툰 줄거리를 늘어놓았다. 하지만 나는 휘몰아치는 감정을 주체할 수 없었다. 민혜의 얼굴이 너무나 선명히 눈앞에 그려졌다. 가느다란 펜으로 그린 크로키처럼 단조로운 이목구비와 단정한 차림새. 산전수전 다 겪은 고단한 눈매는 무테안경 너머로 숨긴 그 여자에게도 가족이 있었다는 사실을 이제 알았다. 비록 삼촌을 배신하고 바빌론의 하수인이 되었지만, 나였어도 뾰족한 수가 없었을 것이다. 은혜를 원수로 갚은 그녀를 좀처럼 미워할 수 없었다.

"우리 그냥 거실이나 형님 작업실에서 일하면 안 돼요? 어떻게 방 주인이 나가자마자 사무실로 바꿔요. 아, 적응 안 돼."

브라더가 출근했다. 그는 요즘 커피 맛에 눈을 떠 원룸 앞 메가커피에 드나들며 아르바이트생에게 설레는 중이었다. 커피 캐리어에서 달콤한 라테 냄새가 풍겼다. 나는 손등으로 눈물을 쓸어내고 책상 앞에 바투 앉았다.

"이렇게라도 운동을 해야 몸이 버티죠. 근데 매출 왜 이래. 인력 파견이랑 커스터마이징 서비스를 중단하니까 거의 구멍가게 수준인데요? 경기가 어려울수록 범죄는 기승을 부려야 하는데 악당들이 너무 한가해. 나까마로 얼마나 연명할 수 있을지 모르겠어."

복받치는 감정을 누르느라 너스레로 브라더를 맞았다. 나까마는 중간 거래를 뜻하는 은어로, 쓸 만한 물건을 저가에 사입해 약간의 이윤을 붙여 되파는 일이다. 나는 노트북 앞에 앉아 메신저 알림 차단을 해제했다. 몇 시간 동안 눌러놓았던 수백 개의 알림이 쏟아졌다. 하나씩 읽어보고 브라더 선에서 수리할 수 있는 물건만 집어내야 했다.

"지안 씨 고생하는 거 아는데 서버 복구가 안 돼요. 이번 주까지 해보고 안 되면 저 진짜 포기할 거예요."

브라더가 노트북을 부팅하며 힘없이 말했다.

"삼촌 시신도 확인 못 했는데 이렇게 빨리 포기한다고요? 그럼 나랑 그림책, 다른 코드들은 어쩌고요?"

나는 최선을 다하고 있었다. 그 증거는 정신이 아니라 육체로 드러났다. 삼촌이 대머리가 된 데에는 두 가지 이유가 있었다. 하나는 부계와 모계 콤보를 찍은 탈모 유전자, 또 하나는 이 망할 쇼핑몰 때문이었다. 그가 사라진 뒤 나는 머리숱이 눈에 띄게 줄고 체중은 4킬로그램이 늘었다. 그림책은 삼촌 행세를 하려면 먹고 마시고 잠자는 습관까지 따라야 한다고 훈수를 놓았다. 그 탓에 나는 시카고 피자와 코카콜라, 감자튀김과 나초, 추어탕과 감자탕에 중독되어 버렸다. 배가 고프면 현실감에 타격을 입어 사무실을 뛰쳐나가고 싶은 충동이 일었다. 나는 어느새 용도에 맞춰 스스로를 사육하는 이상한 사람이 되어 있었다.

"우리가 포기해야 그 사람들도 빨리 플랜비를 짜죠."

내 말은, 머더헬프가 사라지면 나는 어디서 먹고 자고 미래를 준비하느냐는 현실적 질문이었다. 고학력자들이나 청부 살인 기술자들의 장래까지 걱정스럽지 않았다. 그걸 톡 까놓고 묻기 낯 뜨거울 뿐이었다. 브라더는 머더헬프가 망하길 학수고대하는 사람 같았다.

"정지안, 거래 안 해?"

브라더를 아쉬운 눈길로 바라보던 내게 그림책이 노트북 메신저를 가리켰다. 이제 정진만으로 빙의할 시간이었다.

"저기, 미스 양. 조준경 빠가 난 소총을 누가 7천 불에 물어. 왜 이러니 언니야. 우리가 하루이틀 손뼉 치는 사이는 아니잖아. 자기, 정진만한테 이래도 돼?"

내 목소리를 인식한 메신저는 자동으로 음성을 텍스트

로 인식한 뒤 영문으로 번역해 채팅창에 띄웠다. 거래 상대는 캘리포니아 태생의 거구의 남자지만, 스스로를 홍콩 출생 여자라고 인식하며 굳이 '탈킨'이라는 성을 '양'으로 바꾼 사십대였다. 그는 자신과 대화하는 상대가 아시아의 맹주인 정진만으로 알고 있었다. 아니, 알고 있어야 했다. 그래야 거래와 협상이 가능하니 필사적으로 실체를 숨겨야 했다.

"삼촌은 양을 여자로 받아들인 적이 없어. 이전 기록을 보면 언제나 '미스터 탈킨'이라고 불렀지. 다 뽀록나겠네. 정지안, 좀 더 진심일 수 없을까?"

그림책이 안락의자에서 일어나 내 곁으로 다가왔다. 그녀가 양손 엄지와 검지를 모아 삼각형을 만들고 주절거렸다.

"세상이 바뀌었어. 정진만도 PC한 스탠스를 취할 때가 됐다고."

잠시 잠깐이라면 정진만 모드로 살아가겠지만, 그가 영영 돌아오지 않는 상황도 고려해야 했다.

"오늘따라 자기가 상냥하니까 5천 불로 하자. 이 가격 너무 달콤해서 한입에 삼키고 싶지? 미스터 정, 언제 방콕쯤에서 만나 우리 손뼉 한번 맞출래? 자기가 어떤 눈동자 색을 가졌는지 궁금해졌어."

미스 양의 답이 어색한 AI 음성으로 변환되었다. 그림책의 표정이 찰나에 구겨졌다. 역겹기는 나도 마찬가지였지만 프로답게 넘기기로 했다.

"바라던 바야. 난 진한 흑갈색 눈에 근사한 광대뼈를 가졌어. 자기한테만 말하는 건데, 내가 대머리라는 소문이 무성하잖아. 사실 난 완벽한 머리카락을 가졌어. 그야말로 엔젤 헤어라고. 아마 이십대 중반이라 해도 믿을 거야. 혹시 스키니한 스타일 좋아하나? 내가 말이지……."

내가 메신저 음성인식을 켜고 주절거리자 그림책이 내 입을 틀어막았다. 나는 메신저에서 'Deal' 버튼을 누른 후 대화를 종료했다.

"정지안, 삼촌은 절대 자기 얼굴이나 유전자를 노출시키지 않아. 탈킨이 알아채면 어쩌려고 말을 함부로 해?"

그림책의 말이 다 맞았다. 삼촌이 살아 있다는 전제하에선. 과연 언제까지 숨길 수 있을까. 서버 복구가 영영 불가능해지면 머더헬프의 코드들은 뿔뿔이 흩어질 테고, 그들 중엔 약탈자로 돌변하는 이가 생길지 몰랐다. 차라리 뜻밖이지만 납득할 만한 소문을 퍼트리는 게 나았다. 예컨대 정진만이 건강상의 문제로 명예퇴직하고 경영 일선에서 물러났다는, 그의 유일한 혈육이자 그린코드인 정지안이 사이트를 리뉴얼하며 인수인계를 받고 있다는 그런 소문. 삼촌은 오랜 시간 인스턴트 음식과 스트레스, 과로에 노출되었으니 그리 이상할 것도 없는 일이었다.

"그럼 뭐가 달라지는데? 내가 정진만이 아닌 걸 알면 천지 사방에서 폭격이라도 퍼부을 것 같아? 아닐걸. 걔들은 주인장이 누구든 상관없어. 조금이라도 이득 보면 그만인 장사꾼들이니까. 이 시커먼 세상에서 정진만은 덩치 큰 NPC였을 뿐이야. NPC 스킨 하나 바뀐다고 게임을 삭제하나?"

지난 일주일 동안 나는 매출에 쪼들리고 험악한 자들과 대화를 섞으며 깨달은 바가 있었다. 악당도 재능이 있어야 먹고산다는 것. 매 순간이 예측 불가능한 도박판이구나. 내가 삼촌의 포지션에 서보지 않았다면 영영 짐작하지 못할 감정이었다. 하지만 이건 어디까지나 풋내기에 융통성 없는 정지안의 체험 리뷰였다. 나까마는 머더헬프에서 잔돈푼 수준의 돈벌이였다. 무기 커스터마이징과 킬러맵까지 운영하던 시절, 삼촌은 매달 서울 중심부의 아파트 한 채 값을 벌어들였다. 수익이 곤두박질친 건, 작년 여름에 블랙코드들이 머더헬프를 쑥대밭으로 만든 다음부터였다. 삼촌은 무기 커스터마이징 배너를 없애고 킬러맵도 오토 매칭 기능에 의존했다. 운명을 내다본 사람처럼 서서히 규모를

줄이고 작업실 문을 걸어 잠그는 날이 잦았다. 어쩌면 누군가로부터 협박이나 세뇌를 당했을지도 몰랐다. 삼촌의 통통하게 살 오른 돈주머니에 빨대를 꽂은 지략가가 있었던 건 아닐까.

"너 진짜 삼촌이 설정한 캐릭터 그대로구나."

그림책이 한심하다는 표정으로 뇌까리고 안락의자로 돌아갔다.

"내 캐릭터가 어땠길래?"

그러고 보니 머더헬프 웹툰에 내 이야기가 빠졌을 리 없었다. 그림책의 표정으로 보아 그리 호감은 아닐 것 같았다.

"흑백 세상에서 혼자만 총천연색인 애."

언뜻 좋은 의미로 들렸다. 머더헬프에서 가장 최근까지 보통 사람과 섞여 평범하게 살아온 사람이 나였으니, 그렇게 묘사할 만도 했다.

"삼촌 말을 두고두고 곱씹어봤는데, 아무래도 내 해석이 맞는 거 같아. 있잖아, 넌 다른 사람들의 튜브를 쥐어짜 혼자만 색을 가진 애야. 웹툰 그리며 세어봤거든, 너 지키려다 죽은 사람. 옐로코드 포함 38명이더라. 용석동 편의점 사건은 빠졌으니까 실제로는 훨씬 더 많겠지. 그냥 숫자가 아냐. 민혜처럼 그 사람들도 지켜야 할 소중한 가족이 있는 존재였어. 그런 희생 덕에 겨우 목숨 부지해놓고 게임 운운하면서 큰소리칠 수 있어?"

그림책의 목소리는 잔잔했지만 사자후만큼이나 내 심장을 쥐고 흔들었다. 그녀의 입에서 나왔다 뿐, 삼촌이 하는 말이나 다름없었다.

"나도 이런 상황 바란 적 없어. 탓할 거면 죽은 건지 사라진 건지 모를 삼촌한테나 해. 네 웹툰 엔딩 같은 거 궁금하지도 않아. 이제 머더헬프는 내가 알아서 하니까 닥쳐!"

한다는 소리가 고작 이거였다. 자꾸 눈물이 앞을 가렸다. 내 앞에 38구의 처참한 시신이 놓여 있다 상상하니 입이 다물어졌다. 나도 아는 걸 남이 상기시켰을 때 고통은 배가 된다. 이 상황을 회피하고 싶은데 도망칠 곳이 없었다.

요 며칠 그림책과 나는 자주 다투었다. 잠이 많은 나를 그녀는 내버려두지 않았다. 달콤하게 졸고 있으면 어깨를 뒤흔들었고, 노곤하게 누워 있으면 이달의 매출 상황을 브리핑했다. 정작 그림책은 사무실에서도 틈만 나면 웹툰을 그렸다. 엔딩이 어떻게 되나 궁금해 그녀가 자리를 비운 틈에 태블릿을 열어봤지만 잠금 설정이 되어 있었다. 어떻게 남의 태블릿을 자기 것처럼 쓰냐고 화를 내자 그림책은 왜 남의 작품을 염탐하려 드느냐며 도리어 더 억세게 성을 냈다. 그리고 그녀가 온 뒤 사라진 물건이 많았다. 증거도 없이 의심하는 게 옳은 일은 아니지만 이 집에 여자라곤 나와 그림책 단둘이었다. 휴대용 드라이어, 새로 사 포장을 뜯지도 않은 팬티 세트, 비싸서 아껴 바르던 에센스와 오일, 아디다스 운동화, 스타벅스 텀블러, 패딩 두 벌이 보이지 않았다. 도벽이 있거나 나를 도발할 의중이 분명했다. 그때부터 나도 내 영역을 철저히 지켜냈다. 클렌징워터 병에 눈금을 그리고 빨래 바구니에서 내 옷만 건져 세탁기에 돌렸다. 스탠드 조명은 코드를 잘라내 고물 더미에 던져버렸고 충전 케이블도 여분의 것은 모두 끊어냈다.

"지안 씨, 너무 열 내지 말아요. 그림책도 자기 일 하는 것뿐이잖아요."

브라더가 나와 그림책 앞에 라테를 하나씩 내려놓았다.

"자기 일? 일은 내가 다 하잖아요. 브라더는 언제까지 쟤한테 휘둘릴 거예요? 야, 그림책! 앞으로 우리한테 간섭하지 마. 죽이 되든 밥이 되든."

브라더가 입 모양으로 또, 또, 또, 하며 내 대각선에 놓인 책상으로 몸을 돌렸다.

"애들 오락이랑 무기 밀매가 같나? 죽이든 밥이든 확실해야 손님이 사지."

그림책은 귀에 이어폰을 꽂고 사무실을 나섰다. 그녀가 사무실을 완전히 벗어나자 브라더가 나를 향해 돌아앉았다.

"지안 씨가 참아요. 부모님이 계셔도 못 만나는 처지잖아요. 아예 돌아가신 거라면 모를까. 버림받은 신세니 딱하죠. 형이랑 나도 보육원에서 자라 그림책 마음 조금은 알아요. 뭔가 하자가 있으니까 내 부모도 나를 사랑할 수 없었겠지. 그러니 제대로, 더 철저하게 세상이 정한 규칙을 준수하고 흠결 없는 인간이 돼야 가치가 생기지. 그렇게 믿는 거죠. 우린 인정욕구가 전부인 사람들이에요."

"브라더 마음은 충분히 이해하고 존중하는데요. 방금 그림책 부모님이 살아 있다고 말한 거 진짜예요?"

그림책의 말에 따르면 유치원 다닐 무렵 옐로코드에 보내졌다고 했다. 당연히 부모가 범죄에 희생돼 오갈 데 없어진 아이려니 짐작했다.

"네. 지안 씨 대학 입학할 때 형님이 백화점에서 백팩 사줬잖아요. 나중에 같은 걸 하나 더 사기에 누구 거냐고 물은 적이 있어요. 그때 형님이 옐로코드 막내 줄 거라고 했어요. 그 애 엄마가 지금 많이 바빠서 대신 준비하는 거라고."

그림책은 자기 엄마 얘기를 한 적이 없었다. 주야장천 이해 안 되는 예술 투혼과 트라우마, 괴상한 악몽 얘기만 해댔다.

"가족이 있는 그림책이 어떻게 옐로코드에 들어온 거예요? 우리 코드네임 막 줘요? 규정 같은 거 있죠?"

"있는데 없어요."

무슨 뜻인지 알았다. 있는데 없다는 건, 구식인 삼촌이 어디 적어 묻어두었거나 자기만 알게 암기해두었다는 뜻이었다.

"그럼 브라더가 아는 규정만이라도 말해봐요."

그렇잖아도 옐로코드가 꺼림칙했는데 그림책의 실체를 파다 보면 뿌리가 보일 것 같았다. 삼촌의 자살을 조력한 정도가 아니라 살해하고 은폐했을지도 모른다는 생각이 들었다.

"베이스인 레드코드들은 참전 경험이 있는 용병들이에요. 모두 진만 형님하고 안면이 있다고 보면 되죠. 퍼플코드들은, 약간 짜치긴 한데 우리가 먼저 꼬리 쳐요. 관련 범죄 전과자 중에서 좀 쳐주는 그룹한테 로열티를 제시하고, 거절하면 쥐도 새도 모르게 제거……. 아무튼 설득하는 편이죠. 옐로만 학위를 봐요. 수전 씨는 병리학 박사고, 그 밑에 일하는 친구들도 수전 씨 후배나 지인이라 의사 아니면 과학자고요."

옐로코드의 자격을 얻기에 그림책은 여러모로 부족했다. 겪어본 바, 그녀는 삼촌의 상위 호환 버전이었다. 나와 같은 성별에, 나이대도 비슷하고, 구린 일하며 밥 벌어먹긴 마찬가지인데 어째서인지 여러모로 의아한 구석이 많았다. 30초 만에 총기를 분해하고 결합하는 손재주를 가졌지만, 식사 준비를 맡기면 감자 한 알 까는 데 10분이 넘게 걸렸다. 욕실에 붉은 곰팡이가 생긴 걸 보고, 무슨 산화물을 만들어 없애겠다더니 고글을 끼고 알코올과 산화제를 가져온 적도 있었다. 무균무때 뿌려, 어? 하는 내 말에 그림책은 고집스럽게 산화물을 만들어 물때에 뿌려댔지만 효과는 미미했다. 늘 먹은 만큼 그림을 그렸고, 그린 만큼 잠을 잤다. 30분 먹고, 30분 그림 그리고, 30분 자는 쳇바퀴를 질리지 않게 굴리며 게으른 나를 질책했다. 하지만 정작 속옷을 손빨래하고, 양치 후에 혀 클리너를 쓰고, 매일 새 양말을 갈아 신는 사람은 나였다. 무엇보다 가장 충격적인 건 그녀가 스마트폰을 갖고 있지 않다는 거였다. 첫날 달랑 짊어지고 온 나이키 백팩 안엔 여벌의 속옷과 양말, 교복처럼 입는 슈트 한 벌이 전부였다. 동성에 나이대도 같은 나보다 중년 남자인 삼촌과 더 비슷했다. 그림책에게 코드가 주어진다면 옐로나 레드보다는 그린이 더 어울렸다. 이상한 행동을 해도 일단 박수 쳐주는 자리 말이다.

"특채된 경우가 있긴 해요. 형님이 필요한 인재를 직접 뽑은 거죠. 국대 출신 사격선수랑 무선통신 동호회장이 레드랑 퍼플에 하나씩 있어요. 근데 지안 씨 또래의 그림책은 좀 의외네요. 전문성이라고 할 만한 게 없잖아요."

맞다. 데뷔도 하지 않은 작가에게 전문성을 부여하긴 일렀다. 나는 어느새 미적지근해진 라테를 들이키며 삼촌의 번들거리는 정수리와 능청스레 빛나는 눈동자를 떠올렸다. 이렇게 만들어놓은 이유가 뭐야, 삼촌?

"다 떠나서, 삼촌이 특별 채용했더라도 수전 씨 같은 깐깐쟁이가 받아준 것도 이상해요. 들어보니 완전 꼬맹이 때부터 키우다시피 했던데."

이런 심각한 얘기만 나누다 보니 요즘 내 미간엔 삼지창 모양의 주름이 완전히 자리를 잡았다.

"수전 씨한테 형님은 아들 같은 존재니까 무슨 부탁이든 받아줬을걸요."

"징그럽게 무슨 아들 같은 존재예요? 엄연히 우리 할머니 아들인데."

식은 라테는 비릿했다.

"민혜 누나가 언젠가 둘을 유사 모자 관계라고 했어요.

살짝 질투 섞인 어조로. 뭐, 자세한 건 몰라요. 나한테 대단한 사연 얘기해주는 사람 아무도 없잖아요? 생각해보니 이것도 서운해. 왜 나한텐 코드도 안 주고 비밀도 쉬쉬하는 건데."

머더헬프에서 코드가 없는 사람은 브라더가 유일했다. 삼촌이 따로 설명한 적은 없지만 이유를 짐작할 수 있었다. 코드가 없다는 건 배신해도 죽임당하지 않는다는 의미였다. 마음만 먹으면 언제든 자유의 몸이 되어 라이플링으로 살 수 있는 유일한 자격이 코드 없음이었다. 그건 브라더도 알고 있을 테지만 소외감을 느낄 때면 서러운 마음이 복받치는 건 어쩔 수 없으리라.

"풍문에 휘둘리지 말아요. 우리 줄곧 눈이 아니라 귀로 판단해왔잖아요. 직접 겪고 본 게 아무것도 없잖아. 계속 수전과 그림책의 증언대로, 그들이 우리 편이라는 주장 하나에 홀린 듯 끌려왔어요. 삼촌은 나한테 수전 얘기를 한 적이 없어요. 머더헬프 운영자가 되려면 원숭이처럼 자길 흉내 내야 한다고 조언하지도 않았고요."

내 말에 브라더가 입을 벌린 채 고개를 끄덕였다.

"그렇긴 하네요. 저도 형님한테 그림책 얘기 들은 적 없거든요. 이게 다 옐로코드의 계략이라면 저들이 원하는 건

뭘까요?"

일시보호소에서 집으로 돌아온 날이었다. 삼촌이 꾀죄죄한 나를 욕실로 데려갔다. 그는 샤워기 앞에 나를 세우고 수챗구멍 위로 고개를 숙이라고 말했다. 그러고는 수도꼭지를 비틀어 샤워기에서 미지근한 물이 나오기를 기다렸다. 그때 삼촌의 발가락이 보였다. 발등에 수북한 털이 자란 투실투실한 발이었다. 그런데 있어야 할 게 없었다. 오른쪽 엄지의 발톱이 있어야 할 자리엔 누렇고 단단한 굳은살이 도도록했다. 삼촌, 어쩌다 발톱이 도망갔어? 때마침 적당히 따뜻한 물이 뒷목을 타고 정수리로 흘러들었다. 너 태어나기 전에 어딜 좀 갔다 다쳤어. 뛰고 걸을 일이 많았는데, 너무 걸리적거려서 버리고 왔네. 삼촌은 발가락이 부끄러운지 엄지를 바닥으로 둥글게 말아 숨겼다. 도망간 게 아니라 버렸구나. 버릴 때 아프지는 않았어? 내가 물었다. 나중에 다리를 버리는 것보단 낫잖아. 삼촌이 쓸쓸하게 대답했다. 아마도 많이 순화한 표현일 터였다. 그는 전장을 누비다 녹슨 무기나 물건에 부상을 당했을 것이고, 상처가 곪기 시작하자 선제적으로 발톱을 포함한 살점을 도려냈겠지.

"자꾸 염증만 일으키는 그린코드를 수술로 제거하고 싶을지도 모르죠."

지난 1년간 머더헬프는 위태로웠다. 블랙코드의 습격을 받았고, 바빌론과 시가지 전투를 치렀으며, 이젠 킬러맵에 암호까지 걸려 사업 반경이 좁아졌다. 암호해독에 실패해 아직 공식 입장을 내놓지 못하고 있었다. 해결책을 찾으려 브라더는 퍼플코드 중 가장 실력자로 소문난 해커와 소통했지만, 그들 사이에서 머더헬프와 정진만의 평판은 바닥에 곤두박질쳐져 있었다. 용석동 편의점 사건에서 신원이 노출된 퍼플코드 몇에게 경찰이 찾아갔다는 소문도 있었다. 경쟁자인 바빌론이 와해되었지만 웃을 수 있는 사람은 없었다. 딱 한 팀, 옐로코드만 제외하고.

"지안 씨 말에도 일리가 있어요. 옐로코드는 머더헬프 없이도 충분히 잘 먹고 잘 사니까요. 오히려 진짜 하고 싶은 일을 자유롭게 즐기게 될지도 모르죠. 그래도 가족을 의심하는 건…… 불편해요."

"가족이니까 의심하는 거예요. 적이었으면 바로 습격하고 휩쓸어갔겠죠. 뜸을 들이는 이유가 있을 거예요."

수전 스스로도 두 번째 용의자가 자신이라고 말했다. 머더헬프를 하루아침에 공중분해 하면 대혼란이 벌어질 테니, 가장 힘든 상대인 삼촌부터 제거한 걸지 몰랐다. 그다음은 아마 내가 아닐까.

이런 가정은 젖혀두고, 나는 요 며칠 투닥거린 게 미안해 어제부터 그림책과 화해하려 애썼다. 슬그머니 화장품 눈금을 지우고, 빨래 바구니도 같이 비워줬다. 그녀의 턱에 빨갛게 올라온 여드름을 보고 곧 생리할 시기구나 싶어, 방문틀에 철봉을 설치해 풀업 하는 그림책 앞에 선심 쓰듯 생리대 한 봉지를 건넸다. 천하의 원수라도 생리대는 빌려주는 게 여자니까.

"그림책, 난 드라마나 영화 보다가 가끔 이질감이 확 느껴질 때가 있더라. 정글 같은 데 떨어져 몇 년씩 단절되는 그런 장르 있잖아. 먹고 자는 것도 문제지만 대체 생리는 어떻게 해결해? 아예 혼자면 흐르거나 말거나 대충 살겠지만 꼭 일행이 있잖아. 나 쟁여둔 거 많은데 나눠주려고."

고마워할 줄 알았던 그림책은 그럴까 봐 이거 넣었어, 하며 왼쪽 팔뚝 안쪽을 손가락 끝으로 가리켰다. 성냥개비처럼 길쭉하고 가뭇한 보형물이 보였다. 체내 삽입형 피임제였다. 헐렁해 보여도 옐로코드는 영악하고 치밀했다.

"브라더, 옐로코드 전용서버 뚫고 들어가봐요. 외부인이 접속한 기록도 확인하고, 옐로코드 전원 신상이랑 유전자 정보 있으면 긁어 와요. 나는 네가 누군지 다 알고 있다고 말하는 상대만큼 무서운 사람이 없으니까. 진짜 옐로들 농간이면 다 죽일 거야."

"진짜요?"

"당연하죠. 모든 코드 소집해서 머더헬프식 처형을 해야죠. 예외는 없어요."

삼촌은 민혜 언니조차 예외로 남기지 않았다. 작은 불티 하나가 집과 산을 태우고 생태계를 박살 낸다는 걸 누구보다 잘 아는 사람이었다. 그 자신이 우리 가족에겐 불티였으니까.

"근데 옐로코드 전용서버는 수전 씨 외엔 접근권한이 없어요. 형님이나 저도 간섭 못 하는 영역이라 쉽진 않을 거예요."

브라더는 시작도 하기 전에 엄살부터 늘어놨다.

"그러니까 구린 게 많다는 거잖아요. 실력 발휘 좀 해봐요."

나는 다시 메신저로 시선을 돌렸다. 밀린 메시지를 읽고 푼돈이라도 벌어야 했다. 그때 중저음으로 설정된 사이렌이 울렸다. 대문 차임벨이 눌리면 창고에도 알람이 울리게 설정해둔 터였다. 누군가 찾아온 것이다.

"누구지? 올 사람이 없는데."

브라더가 모니터에 대문 앞 CCTV 화면을 띄웠다. 녹색 트레이닝복 차림에 헤드셋을 쓴 남자가 숨을 헐떡거리며

서 있었다.

"누구세요?"

그림책이 집에 있었는지 월패드로 물었다. 브라더와 나는 숨죽인 채 남자를 바라봤다.

"정지안 씨 댁이죠?"

많아야 이십대 후반으로 보이는 남자는 내 이름을 알고 있었다. 하지만 아무리 자세히 봐도 낯선 얼굴이었다.

"아닌데요."

다행히 그림책은 내가 원하는 대답을 돌려주었다. 미리 정보를 준 보람이 있었다. 그림책, 혹시라도 나나 브라더가 없을 때 누가 찾아오면 절대 문 열어주지 마. 보면 알겠지만 우리 집은 웬만한 택시 기사도 안 와. 시내에서부터 거의 30분은 비포장도로를 달려야 하니까. 뭐, 너희 옐로코드도 은둔자들이니 잘 알겠네.

"아니라고 하는 거 보니 맞나 보네요. 선물 놓고 가겠습니다. 정지안 씨만 개봉해야 합니다. 아시겠죠?"

남자가 스피커 가까이에 얼굴을 대고 말했다. 그는 톨박스처럼 생긴 가방을 대문 앞에 내려놓고 돌아섰다. 뒷모습이 카메라에 잡혔다. 말짱했던 앞모습과 달리 피로 푹 젖은 녹색 트레이닝복엔 여러 개의 구멍이 보였다. 총알 자국이라기보다 산탄 지뢰를 등으로 받아내 아주 작은 쇠구슬이 몸에 박힌 형상 같았다.

"와씨, 저 사람 뭐예요?"

브라더가 팔에 돋은 소름을 손바닥으로 문지르며 나를 올려다봤다. 정지안을 찾아와서, 정지안이 없다는 대답을 듣자, 정지안이 살고 있다 확신하는 남자의 속을 어찌 해석해야 할까. 게다가 저 정도 부상이면 시내까지 살아 돌아가긴 힘들어 보였다.

"저 사람 이동 경로 CCTV로 추적해봐요."

우리 집 근처는 도로라기보다 차바퀴와 인간의 발걸음에 눌려 자연히 생겨난 오솔길뿐이었다. 하지만 치밀한 삼촌은 나무, 전봇대, 망가져 방치된 지 오래인 경운기 등에 CCTV를 설치해두었다. 브라더가 CCTV 화면을 모니터에 띄웠다. 한적한 시골길을 비춰야 할 18대의 CCTV는 모두 파란 화면에 'No Signal'이라 표시되었다.

"카메라 위치를 파악해서 다 제거한 거 같아요. 뒤로 돌려볼게요. 아이씨, 이게 아닌데."

뭐가 아니란 건진 몰라도 브라더는 몹시 당혹스러워 보였다. 그는 CCTV가 고장 나기 전 마지막으로 녹화된 화면을 찾아냈다. 어제 자정 무렵이었다. 양봉업자처럼 하얀 보호복 차림에 마스크로 얼굴을 가린 사람이 소형 패드를 들고 오솔길로 들어섰다. 그는 적어도 3미터쯤 되어 보이는 장대를 들고 어둠 속을 조심스럽게 걸었다. 그러다 패드의 화면 색이 붉게 변할 때마다 걸음을 멈추고 고개를 치켜들어 CCTV 위치를 확인했다. 그러고는 끝에 낫이 달린 장대를 들어 올려 잘 익은 감처럼 CCTV를 똑똑 따냈다. 행위를 보니 목적은 명확했다. 불지불식간에 머더헬프를 침략하려는 밑 작업이었다.

"브라더, 예전에도 이런 일 있었어요?"

"아, 아뇨. 누가 감히 머더헬프 물건에 손을 대요. 그보다…… 그림책 저 녀석, 가방을 가져오고 있잖아요!"

오솔길 CCTV 화면을 내리자 다시 대문 앞 CCTV가 드러났다. 그림책이 주위를 살피며 남자가 놓고 간 가방을 집어 들고 돌아섰다.

"뭔 줄 알고 집에 들여?"

"그림책이 형님 작업실로 가고 있어요."

"내가 가볼게요. 브라더는 옐로코드 서버나 빨리 뒤져서 아까 추리닝 남자 있는지 찾아봐요."

나는 자리를 박차고 일어나 사다리에 올랐다. 옐로코드라면 CCTV를 제거할 때 얼굴을 가린 이유가 설명되었다.

범인이 들고 다니던 패드는 통신 장비 전파를 찾아내는 용도로 보였다. 그런 기술력을 가진 집단이라면 옐로코드밖에 없었다. 그림책과 옐로코드가 사전에 입을 맞춰 폭탄인지 생화학무기인지 모를 정체불명의 물건을 머더헬프로 반입했다는 결론에 다다랐다.

나는 창고를 뛰쳐나가 삼촌의 작업실 문을 열어젖혔다. 가방을 든 그림책이 한 손을 뻗어 내게 가까이 오지 말라는 표시를 했다. 무슨 개수작을 부리는 거냐고 퍼부으려 했지만, 그림책은 자신의 귀에 꽂은 이어폰을 손가락으로 가리키고 입가에 검지를 세워 말을 막았다. 그림책의 얼굴이 온통 땀과 눈물로 범벅이었다.

"왜 정지안 것만 있어요?"

그녀는 누군가와 통화 중이었다. 원망 어린 목소리로 질문한 그림책이 가방 든 손을 부들부들 떨었다. 나는 입 모양으로 누구냐고 물었지만 그녀는 고개를 가로저었다. 그녀가 쥔 가방 손잡이에 숫자가 표시된 액정이 달려 반들거렸다. 현재 시각 14:17을 가리키고 있었다. 숫자는 곧 14:18이 되었다. 시간이 카운트되는 가장 위험한 물건이라면 폭탄일 가능성이 컸다. 내 예상이 맞다면 폭탄은 예약한 시간에 맞춰 폭발할 터였다. 그게 5분 뒤일지, 한 시간 뒤일지 알 수 없었다. 가방을 빼앗아 멀리 던져버리면 나는 죽더라도 브라더와 창고는 무사할지 몰랐다. 그다음 일은…… 살아남은 사람들이 헤치고 나가야 할 몫이었다. 회피형인 내가, 나 아닌 사람들을 위해 목숨을 던질 생각하고 있는 게 신기했다. 내 깊은 곳 어딘가에 연료가 떨어져 멈춰 있던 엔진이 탈탈탈 숨소리를 내며 돌아가는 것만 같았다.

나는 단 한 명이라도 살길 바라며 그림책의 손을 향해 발길질했다. 그러나 그녀는 어깨를 살짝 돌려 타격을 피했다. 운동신경을 타고난 그녀를 힘으로 제압하는 건 역부족이었다. 나는 책상 밑으로 손을 넣었다. 9밀리 19구경 파라블럼 권총 한 자루가 있어야 했다. 삼촌이 어렵게 구해 연습용으로 내게 선물한 그것은 구경이 작아 타격력은 떨어지지만 크기가 손에 딱 맞아 마음에 들었다. 하지만 책상 밑엔 가죽 권총집만 덩그러니 남아 있었다.

"열쇠 같은 거 나한테 없다니까요!"

그림책의 고함에 숙였던 허리를 펴고 돌아봤다. 그녀가 이어폰을 귀에서 빼 바닥으로 내던지고는 아이처럼 어깨를 들썩이며 엉엉 울기 시작했다.

"그림책, 뭔지 몰라도 다 용서해줄게. 그 가방 나한테 줘."

지금쯤 남은 시간이 얼마나 될까. 뛰어서 최대한 멀리 가야 했다. 삼촌이나 그림책처럼 손재주는 없었지만, 100미터를 15초에 뛸 정도로 발은 빨랐다. 나는 조심조심 그림책에게 다가갔다. 그녀가 뒷주머니에서 권총을 꺼내 내게 겨누었다. 책상 밑에서 사라진 19구경이었다.

"너 이게 뭔지 알고 달라는 거야?"

"숫자 카운트되는 거 보면 몰라? 폭탄이잖아!"

내 대답에 그림책이 괴로워하듯 얼굴을 일그러뜨리며 웃었다. 그녀는 여전히 내게 총구를 겨눈 채 가방을 건넸다.

"아니, 스토리지 열쇠래. 자정이 되면 가방 잠금장치가 열린다더라."

방공호 같은 걸 말하는 걸까. 유사시를 대비해 그런 공간을 만들어둘 사람이라면 삼촌밖에 없었다.

"너 방금 우리 삼촌이랑 통화했어?"

가방은 볼링공만큼 무거웠다. 여전히 폭탄일지 모른다는 생각에 온몸의 잔털이 곤두섰다.

"어떤 여자였어. 곧 습격이 있을 거래. 그자들이 근처 CCTV를 다 망가뜨려서 우리 쪽에선 습격 예상이 어려울 거라고 하더라. 삼촌이 마련해놓은 스토리지로 대피하려면 열쇠 두 개가 필요하다는데, 하나는 나한테, 하나는 너한테 있다고 했어. 근데 난 그런 거 몰라! 요즘 세상에 열쇠 가지고 다니는 사람이 어딨어?"

전화를 건 여자가 누구인지도 몰랐지만, 그림책의 말도 온전히 신뢰할 수 없었다.

"여긴 철옹성인데? 담장 위엔 고압 전류가 흐르고 대문이 박살 나면 부비트랩이 작동해."

"어쩌라고! 난 그런 거 모른다니까. 스토리지인지 관짝인지 들어가기도 싫어. 나한텐 시간이 돈보다 중요해. 1분 1초도 아껴 써야 한단 말이야."

의심이 고까웠는지 그림책이 잔뜩 성을 냈다. 총구는 여전히 거두지 않은 상태였다.

"혼자 죽기 싫어서 나까지 쏘시겠다?"

"머더헬프에 있는 내내 쏘고 싶었어. 여기 오고 싶지 않았다고. 난 내가 좋아하는 일만 하기에도 시간이 모자라. 넌 절대 이해 못 하겠지. 열쇠 찾겠다고 나한테 엉겨 붙을 거지? 더는 널 도울 수가 없어. 난 그냥 나로 살래."

그림책의 총구가 내 옆구리로 향했다. 순간 머릿속에서 삼촌의 목소리가 울렸다.

잘 들어, 정지안. 피격체가 됐을 땐 총구의 마음을 읽어야 해. 상대가 단순히 겁을 주려는 건지, 진짜 살의를 품고 독기를 부리는 건지 구별해야지. 전자라면 팔이나 다리를 겨누며 허풍을 늘어놓을 거야. 대충 겁먹는 척하다 반격하면 여지없이 싹싹 빌지. 하지만 후자일 땐 몸통을 조준해. 왜 머리가 아니냐고? 그야 대가리는 너무 작잖아. 너 두개골이 만만해 보여? 자살할 때도 관자놀이에 쏘면 거의 절반의 확률로 소생하는 게 인간이야. 그걸 아는 놈들은 반드시 턱 밑에서 발사하지. 초심자라면 주요 장기가 있는 복부가 유리해. 이제 그림책의 총구가 어떤 마음을 먹고 있는지 읽혀? 맞아, 신장이야. 손상되면 간보다 훨씬 빠르고 확실하게 사망에 이르지. 저 녀석, 오래전에 가르쳐준 걸 잊지 않고 써먹는 게 기특하네. 하지만 그림책은 운이 없어. 하필 저격하려는 사람이 정지안이잖아? 뭐 해, 날 실망시킬 거야? 정신 차려!

도망치기엔 이미 늦었다. 조준점을 흩트리는 수밖에 없었다. 나는 양팔을 머리 위로 뻗고 상체를 숙인 뒤 힘껏 다리를 굴려 몸을 최대한 웅크린 채 텀블링을 시도했다. 통, 하는 격발음이 들렸다. 아픈 곳이 없으니 총알을 피한 모양이었다. 하지만 이제 시작이었다. 다음 총알까지 피한다는 보장이 없었다. 나는 그림책의 발목을 단단히 붙잡고 내 두 발을 침대 프레임에 지지해 그녀를 나자빠뜨렸다. 그림책이 넘어지며 놓친 권총을 다시 잡는 사이, 나는 책상 밑에 굴러다니던 볼펜을 주워 들었다. 늘 삼촌이 들고 있거나 귀에 꽂는 물건이었다. 그걸로 필기하는 모습은 본 적이 없었다. 이 집에 있는 물건들은 하나같이 무기로 쓸 수 있었다. 겉보기엔 평범한 핑크색 잔망루피 볼펜이었지만 꼭지를 누르면 어딘가에 설치한 폭탄의 뇌간을 터트릴지 몰랐다. 젓가락 하나, 티스푼 하나도 송곳과 표창이 되는 살인자의 영역에서 안전한 생필품이란 없었다. 그림책도 볼펜을 의식했는지 방아쇠를 당기지 못했다.

"어떤 여자가 전화를 했느니, 열쇠가 두 개 필요하다느니, 다 거짓말이지? 나한테 덤비는 진짜 이유가 뭐야? 수전이 시켰니? 우리가 사라져야 옐로코드가 자유로워지잖아. 안 그래?"

볼펜 꼭지에 엄지손가락을 바짝 들이대고 물었다.

"우린 레드코드가 아니야!"

그림책의 메마른 눈에 핏발이 퍼져나갔다.

"방금 나 쏘려고 했잖아. 그래놓고도 발뺌할래? 진실을 말해. 안 그럼 같이 죽는 거야."

이래 죽으나 저래 죽으나 마찬가지였다. 그때 브라더가 방문을 박차고 들어왔다. 우리가 대치 중이란 걸 모르는 그는 숨을 몰아쉬며 파랗게 질린 입술을 떨었다.

"브라더, 무슨 일 있어요?"

"내가 묻고 싶은 말이에요. 정지안 씨, 당신 정체가 뭐예요?"

브라더는 내가 했던 헛수고, 그러니까 삼촌 책상 밑에 손을 넣어 권총을 찾으려다 실패했다.

"내가 누군지 몰라요? 알면서 왜 물어요?"

내 정체라면 브라더가 누구보다 잘 알았다. 조실부모하고 악당인 삼촌 손에 자라, 그의 빈자리를 악으로 깡으로 채우는 가련한 존재라는 걸 굳이 설명할 이유가 있을까.

"그동안 형님이 왜 사람을 고용해 지안 씨 유전자를 지워 왔는지 알게 됐어요. 이 중요한 걸 왜 말 안 한 건지……."

브라더가 눈빛을 곤두세웠다.

"그건 나도 아는 얘기잖아요. 바빌론 쪽으로 흘러 들어가면 쇼핑몰 위치가 노출되고, 나를 죽이거나 볼모 삼아……. 와, 진짜 짜증 난다. 어떻게 하나같이 속 시원하게 털어놓는 사람이 없을까. 정진만하고 오래 살면 다 답답해져요? 질질 끌지 말고 본론이나 털어놔요."

진심이었다. 머더헬프에 한쪽 발이라도 들인 사람치고 의뭉스럽지 않은 이가 없었다. 정체불명의 가방을 손에 들고 있는 것도 진땀이 나는데, 유일한 아군인 브라더가 수수

께끼 같은 질문만 던지고 있었다.

"방금 옐로코드 서버에 접속했어요. 정보기관급으로 여러 겹의 코드락 알고리즘이 복잡했는데 여하간 겨우 뚫고 들어갔죠. 거긴 우리 쇼핑몰과 관련된 모든 사람의 유전자 정보가 보존돼 있었어요. 형님과 형님의 가족, 저, 레드, 퍼플, 옐로, 하다못해 블랙코드의 유전자까지. 거기서 지안 씨 유전자 폴더를 열었어요. 유전자 정보 외에도 대조표가 하나 있더라고요. 친자 확인 결과였어요."

브라더는 숨을 고르며 말을 이었다.

"정지안은 아버지 정진석과도 어머니 이미애, 할머니 조민자, 삼촌 정진만과도 혈연관계가 성립되지 않았어요."

믿을 수 없었다. 언제는 내 눈알까지 삼촌과 똑같다고 말해놓고 이제 와 남이라고? 내 외모는 부모님과 삼촌의 유전자를 고루 물려받았다. 작은 체구와 앞머리를 내리지 않으면 휑하게 넓은 이마는 엄마, 얇은 쌍꺼풀과 작은 코는 아빠, 아토피와 비염은 외가 내력, 넓적한 엄지는 삼촌이었다. 그런데 내가 그들 모두와 남이라고?

"아무리 형제 같은 브라더라도 그냥 넘어갈 수 없어요. 옐로코드의 수작에 걸려든 거야. 내 눈으로 직접 확인한 대도 안 믿어. 그게 말이 되냐고!"

나는 분명 정지안이었다. 우리 가족들과 같은 그림체로 태어난 아이. 유독 다른 그림체의 삼촌이 느닷없이 죽음을 몰고 오지 않았다면, 날 닮은 사람들 틈에서 때로 지루하지만 대체로 안정감을 느끼며 살아왔을 평범한 사람이었다. 그래서 무간지옥에 떨어진 내 신세가 애처롭고 서글플 뿐이었다.

"수전 씨 서버에서 찾은 건데도 못 믿어요? 과학은 거짓말하지 않잖아요. 그림책도 처음부터 다 알고 있었죠? 진짜 정지안은 어딨어요?"

브라더는 내장이라도 토해낼 것처럼 작고 마른 몸으로 울부짖었다. 나는 아무 말도 할 수 없었다. 나조차 내가 누구인지 모르고, 삼촌을 죽인 일도 없었다. 만약 진짜 정지안이 따로 있다면 나는 가짜 정지안이 되는 건데, 이걸 어떻게 이해하고 받아들인단 말인가. 너무 당혹스러워서 인생 리셋버튼이라도 찾아 누르고 싶은 심정이었다. 이세계 전생물처럼 이쯤에서 죽고 다른 세계에서 다시 시작해보고 싶었다. 너무 엉켜 도저히 풀어낼 수 없는 실타래를 마냥 붙잡고 있기 싫었다. 고개를 숙여 볼펜 꼭지를 내려다봤다. 이걸 누르면 깨끗이 종료되겠지. 죽음으로 회피하면 간단하다는 사실이 브레이크처럼 마음 깊은 곳의 엔진을 멈추게 했다.

"한통속은 맞지만 그림책은 아무것도 모른단다, 브라더."

허스키한 여자 목소리, 수전이었다. 그녀는 디자인이 조금 다르지만 이전처럼 단추가 많은 검정 드레스 차림으로 작업실에 들어왔다. 턱을 드니 그렇지 않아도 높은 콧대가 서양인처럼 도드라졌다. 브라더의 총구가 수전을 향했다. 수전은 조금 나른한 표정으로 내 손에서 볼펜을 가져갔다.

"그래, 정지안의 유전자 정보는 특별한 이유가 있어서 지워왔지. 그걸 설명하기 전에 네가 모르는 사실부터 하나 까고 가자."

수전은 볼펜을 높이 치켜들어 엄지로 꼭지를 눌렀다. 나와 그림책, 브라더는 팔꿈치를 접어 얼굴에 대고 진땀을 흘렸다. 하지만 아무 일도 벌어지지 않았다. 엄밀히 따지자면 딸깍, 소리와 함께 펜촉이 튀어나오는 아주 상식적인 일만 일어났다.

"봤지? 이건 그냥 볼펜이야. 정진만은 자기 집에 조카가 모르는 지뢰나 폭탄을 매설하지 않아. 실수로라도 가족을 잃으면 안 되니까. 그는 사랑하는 사람들을 위해 늘 불리한 선택을 해왔다는 걸 아무도 모르는구나."

수전은 그림책에게 손을 내밀어 권총을 회수해 갔다. 그러고는 내가 들고 있는 가방을 물끄러미 바라봤다.

"스토리지 얘기를 하는 걸 보니 머더헬프는 이제 안전하지 않아. 곧 누군가 기습할 거고, 히든코드가 방어하겠지만 수적으로 불리할 거다."

격앙된 마음이 가라앉지 않아 가슴이 두근거렸다.

"히든코드가 뭐예요?"

나는 받은 숨을 내쉬며 물었다.

"킬러맵엔 노출되지 않은 사람들. 일종의 마감 팀이지. 그들은 최후의 순간을 대비해 진만 씨가 비밀리에 마련해 둔 장치란다. 그린코드는 스토리지로 대피해야 해. 머더헬프가 붕괴해도 3년쯤 은신할 수 있는 안전한 공간이지. 어제저녁, 진만 씨의 죽음을 확신하고 내가 히든코드를 활성화시켰다. 그는 자살했어."

죽음이란 단어가 수전의 혀를 지나 작업실 안을 유령처럼 맴돌았다. 목 단추를 풀어 담배 케이스를 꺼낸 수전이 주름진 입술 사이로 대마초를 물었다. 그러고는 삼촌의 침대에 엉덩이 끝만 걸치고 앉아 불을 붙였다. 볼이 쏙 꺼지게 연기를 들이마신 수전은 몽롱해 보였다.

"저번엔 라이플링 마크 없는 총알이 나왔으니 더 지켜보자면서요. 시체도 못 찾았는데 어떻게 자살이라고 단정해요?"

자살한 사람의 시신이 감쪽같이 사라질 리 없었다. 게다가 삼촌은 자살할 이유가 없었다. 지켜야 할 가족과 동료들을 남겨놓고 무책임하게 떠날 리가.

"누군가 도왔겠지. 지난번엔 나도 확신하지 못했어. 옐로코드는 증거로만 판단해. 시신이 없으면 살인도 없다고 간결하게 생각하지. 그런데 찬찬히 생각해보니 진만 씨 사건 현장에서 발견된 총알은 증거물이 아니었어. 의미 깊은 메시지였지. 흔적을 지우면 자기 조카도 평범하게 살아갈 수 있다는 상징물. 3년만 숨어 있으면 머더헬프와 관련된 흔적을 히든코드가 모두 지워줄 거야. 라이플링 마크 없는 평범한 청년이 될 수 있도록. 진만 씨는 조카가 자기처럼 살지 않길 바랐어. 최근 몇 년간 그는 심한 우울증을 앓았잖니."

순간 시야가 흐릿해졌고, 짧지만 강한 두통이 밀려왔다. 광장공포증과 우울증을 앓긴 했지만 그게 정진만이라는 뿌리 깊은 고목을 뽑아낼 줄은 몰랐다. 나는 삼촌을, 할머니가 시집올 때 사 왔다는 나무 빨래판처럼 40년을 부대껴도 멀쩡히 기능하는 이상한 존재라고 여겨왔다. 물론 늘 피로해 보이긴 했다. 대충 한 끼를 때우느라 냉동식품을 전자레인지로 돌려 허겁지겁 먹는 뒷모습이 눈에 선했다. 밖에

꽃이 피는지, 눈이 내리는지, 폭풍우가 지나가는지 모르는 채 작업실과 창고를 오가던 뚱뚱한 남자에게 취향이란 건 없었다. 피자 소스가 떨어져도 티슈로 슥 닦아내면 그만인 검정색 티셔츠에 엉덩이와 무릎이 늘어난 리바이스 청바지 차림이었다. 운동화와 슬리퍼마저 자신의 것이 아닌 오래전 아빠가 남긴 것들이었다. 돌이켜 보니 그건 피로가 아니라 무기력에 가까운 모습이었다. 삼촌은 뿌리부터 썩고 있었다.

세상이 게임처럼 오토 모드로 돌아가면 좋겠어. 그럼 뭐 할 거냐고? 당연히 차가운 맥주를 마셔야지. 네가 몰라서 그렇지 난 애주가였어. 징징거리는 고객을 24시간 응대하느라 마실 기회가 없던 거지. 그게 벌써 몇 년이지? 뭐? 벌써 20년이 지났다고? 그럼 대체 나는 지금 몇 살이야? 세상에, 내가 맥주를 좋아한다는 사실을 까맣게 잊고 있었어.

정지안, 뉴스채널은 일부러 삭제한 거야. 궁금한 뉴스가 있으면 폰으로 검색해서 봐. 왜냐고? 강력사건의 대부분이 직간접적으로 나와 연관돼 있으니까. 의문의 살인사건, 총기 탈취, 실종, 건물 붕괴, 시신 유기, 해킹, 연쇄추돌사고……. 나처럼 유해한 인간이 어떻게 태연히 뉴스를 볼 수 있겠니. 난 새로운 것들을 이해하기 힘들어. 그래서 오래된

게 편하지. 〈무한도전〉 재방송이나 틀어.

냉장고 문에 우유 사지 말기 메모? 또 까먹을까 봐 적어놓은 거야. 엊그제 우유 두 팩을 사서 집에 왔는데 냉장고에 그 전날 사놓은 우유 두 팩이 있는 거야. 그리고 오늘도 우유 두 팩을 사 왔지. 적어놓지 않으면 모레나 글피쯤 또 사올지도 몰라. 난 이제 덩치만 커다랗고 지성은 사라진 원시인이 된 거 같아. 가끔 내가 뭘 하려고 했는지 잊고 멍청하게 서 있곤 해.

브라더는 남의 무덤에 차례 지내러 갔어. 엄밀히 따지자면 증조할아버지의 두 번째 아내가 재혼할 때 데려온 아들의 무덤이라더라. 혼다는 유언장에 화장 대신 매장을 해달라고 부탁했어. 근데 남의 야산에 봉분도 없이 파묻을 수는 없잖아. 그래서 브라더가 고심해낸 곳이 거기야. 가깝고 양지바르고 외롭지 않을 거라고. 나도 쓸모를 잃으면 그 곁에 눕고 싶어. 혼다가 싫어하겠지만.

수전의 큰 눈에 눈물이 가득 찼다. 새륵새륵, 폐기종이 분명한 숨소리를 내며 수전이 나를 바라봤다.

"난 진만 씨의 유전자 정보를 알고 있어. 언젠가 이런 선택을 하리란 걸 짐작했지만, 믿고 싶지 않았던 것 같다."

"자살 유전자라는 게 있어요? 내가 무식해서 그런지 처음 들어요. 설명해봐야 이해도 못 할 전문 분야인데, 뭐 그리 대단한 용기가 필요해서 뜸을 들였어요? 꾸며낸 거 아니죠?"

내 물음에 수전은 고개를 저었다. 너무 말라 근육이 내비치는 목이 북받치는 감정을 참느라 꿀렁댔다.

"유전자 이야기를 하려던 게 아니다. 너희 모두의 심장이 부서질 만큼 지독한 얘기는 따로 있지. 머더헬프의 시작이 된 사건이야. 진만 씨를 처음 만난 건 지금으로부터 21년 전 겨울이란다. 그때 난 법의학 교실 조교수였어. 부검의라고 하면 이해가 빠를까? 히든코드가 조금 더 버텨주면 좋겠구나. 이 얘기만큼은 안 할 수가 없거든."

수전이 대마초 한 모금을 깊게 빨아들이고는 심한 기침을 터트렸다. 그녀의 눈가를 따라 눈물 한 줄기가 흘렀다.

수전은 장성한 외아들 진을 잃었다. 그녀가 미국 테네시 대학교 시체 농장으로 연수를 떠난 지 일주일 만에 벌어진 일이었다. 진은 대학 입학을 앞두고 친구들과 스키장에 놀러 갔다 어깨가 탈구되어 일행보다 하루 먼저 돌아왔다. 자정이 가까운 시각, 집엔 늙은 푸들과 피곤한 아빠가 잠들어 있으리라 짐작하며, 진은 조심스럽게 도어록을 해제하고 안으로 들어섰다. 그러나 모든 비극의 시작이 그렇듯 예상은 빗나갔다. 달빛 무드 등으로 밝힌 거실은 요란한 스윙 재즈 음악으로 들썩였다. 현관에는 싸이 부츠 한 켤레와 아빠의 테니스화가 놓여 있었다. 돌돌 말아 던져놓은 양말,

발바닥에 가죽물이 든 커피색 스타킹, 검정색 피케 티셔츠, 살구색 팬티와 남자 트렁크가 진을 불안하게 했다. 멜로디에 맞춰 드부드부 듭듭, 추임새를 넣는 여자의 목소리도 들렸다. 누릿한 스테이크 냄새, 진한 술 냄새를 맡으며 진이 거실로 걸어갔다. 발가벗은 이십대 중반의 여자가 푸들을 끌어안은 채 몸을 흔들고 있었다. 누구세요, 진이 묻는 순간 안방 욕실에서 샤워기 물줄기 소리가 들렸다. 여자는 원장님, 재가 진이죠? 내일 온다 그러지 않았어요? 혀 꼬인 소리로 목청을 돋웠다. 여자는 교정기 낀 앞니가 드러나게 웃으며 진에게 다가왔다. 너 아빠 닮아 통통하구나? 살 빼는 약 지어 먹어. 누구신지 몰라도 나가주세요. 진은 알몸의 여자에게서 눈을 떼 허공을 바라봤다. 그녀가 과음했다고 생각했지만 실은 약물에 취한 상태였다. 야, 앞으로 무슨 사이가 될 줄 알고 나가라 마라니. 잘하면 내가 네 엄마 된다? 여자는 들고 있던 푸들을 방바닥에 집어 던지며 깔깔 웃었다. 내동댕이쳐진 개가 앓는 소리를 냈다. 쪽팔린 줄도 모르고…… 아빠, 아빠! 진은 이 모든 사달의 원흉인 아빠를 찾아 안방으로 향했다. 정작 아빠를 마주하면 무슨 얘기부터 해야 할지 몰랐지만, 당장은 발가벗은 술꾼을 피하고 싶었다. 혼란한 마음에 가슴이 죄어들었다. 대입을 준비하며 시작된 공황발작이 재발한 터였다. 진은 점점 밭아오는 숨을 진정시키려 길게 호흡을 뱉었다. 이게 죽는 건가 싶게 눈앞이 캄캄했다. 너 참 포동포동하다. 맛있어 보여. 한 입만 먹어도 돼? 여자는 술상에 올려놓은 스테이크 나이프를 들었다. 진은 숨을 헐떡이다 몇 걸음 걷지 못하고 주저앉았다. 그러자 끝이 날렵하게 빠진 나이프가 진의 뒷목을 시작으로 살을 가르고 경동맥으로 미끄러졌다. 진은 손으로 상처를 짚으며 죽음을 직감했다. 비정상적인 출혈량이었고, 이상하리만치 통증과 공황이 느껴지지 않았다.

여자는 얼빠진 표정으로 쓰러진 진을 내려다봤다. 쇄골에는 실물 크기의 백합 문신이 있었다. 여자는 일곱 살까지 봉천동에 살다 춘천에서 자란 스물네 살의 신입 간호조무사였다. 돈을 좀 모으면 스피치 학원에 등록해 기상캐스터나 아나운서가 되고 싶었다. 첫 직장 병원장인 수전의 남편이 암페타민을 권하긴 전까지는 그랬다. 진의 아빠는 아들의 숨이 끊어진 뒤에야 허연 수증기를 몸에 두르고 방에서 나왔다.

원장님, 얘 바이탈이 없어요. 약기운이 한풀 꺾인 여자가 울상을 지으며 그를 맞았다. 의사인 진의 아빠는 아들이 이미 사망했다는 걸 알아차렸다. 운이 없으면 자신이 용의자로 몰릴 거란 생각부터 들었다. 그는 드레스룸 화장대에 올려놓은 휴대폰으로 여자의 사진을 찍었다. 피 묻은 흉기를 들고 피해자 앞에 선 용의자는 어쩔 줄 몰라 하다 의식을 놓았다.

여자는 심신미약이 인정돼 징역 12년형을 받고 항소심을 준비했다. 수전의 남편 또한 마약 투약과 마약류 관리법 위반을 피할 수 없었다. 그러나 형은 고작 징역 2년에 집행유예 3년이었다. 그는 아들과 아내를 잃었지만 가족이라면 언제든 다시 만들 수 있다는 자신감을 잃지 않았다. 진의 죽음을 애도하는 사람은 수전뿐이었다. 그녀는 아들의 장례식을 치른 후 줄곧 검정색 드레스만 입었다. 상실감이 사라지지 않았다. 사지를 토막 내 갈아 마셔도 시원치 않을 놈과 년을 생각하며 수전은 죽는 날까지 상복을 벗지 않으리라 결심했다.

평일 한낮이었지만 도로는 꽉 막혀 있었다. 2시로 예정된 부검을 준비하려면 적어도 15분 안에 학교로 돌아가야 했다. 멀리서 구급차 사이렌 소리가 들렸다. 수전은 콘솔박스를 거칠게 열어 껌 하나를 꺼냈다. 담배가 간절했지만, 차와 직장은 그녀 스스로 규정한 금연 구역이었다.

"또 어떤 어리바리한 초짜가 사고 쳤네. 면허 시험이 너무 쉬워서 이 지랄이 나는 거야. 법이 약해서 겁대가리들이 없지. 개나 소나 다 차 끌고 나와서 범퍼카 놀이를 하니까 도로 망가져, 사람 망가져, 병원만 돈 버네."

학과장과 먹은 중국 음식이 좀처럼 소화되지 않아 속이 더부룩했다. 사거리 우측 건물에 전남편이 운영하는 이비인후과가 보이는 것도 짜증이 났다. 대상포진 후유증으로 얻은 삼차신경통 탓에 얼굴의 절반이 바늘로 찌르는 듯 아팠다. 수전은 껌을 몇 번 씹다 말고 뱉기로 했다. 환기도 시킬 겸 운전석 차창을 내리고 입안에 든 껌을 혀로 밀어내려는데, 두툼한 손이 차창 안으로 쑥 들어와 그녀의 목을 움켜쥐었다. 강한 아귀힘에 제압당한 수전은 비명은커녕 멀쩡한 손으로 경적조차 울리지 못했다.

"도와주면 해치지 않아요. 약속합니다."

숱이 성긴 둥그스름한 머리가 천천히 차창 너머로 올라왔다. 물고기처럼 큰 눈, 눈물 자국 같은 곰보가 얼굴에 맺힌 청년, 진만이었다. 과체중과 비만 그 사이 어디쯤으로 보이는 체격의 그는 점퍼 안에 무언가를 가득 품은 듯 배가 부풀어 있었다.

"도와줄게요."

목이 졸려 헬륨 가스 마신 소리였지만, 수전은 살기 위해 힘겹게 대꾸했다. 이윽고 진만이 손아귀에 힘을 풀고 운전석 도어록 노브를 올렸다. 자신이 운전석에 앉겠다는 의미였다. 사이드미러로 오토바이를 탄 교통경찰 두 명이 달려오는 게 보였다. 이대로 조금만 더 버티면 납치범인지 강도인지 모를 청년이 알아서 도망치지 않을까, 희망을 품었다. 하지만 진만은 수전이 자리를 내어줄 때까지 기다리지 않았다. 그의 커다란 엉덩이가 수전의 허벅지 위로 내려앉았다. 진만의 점퍼가 꿀렁였다. 희미한 똥냄새와 함께 칭얼거리는 소리가 들렸다.

교통경찰은 수전의 차 옆을 내달리면서도 곤경을 눈치채지 못했다. 그도 그럴 것이 밖에선 거구의 진만에 가려 갈대 한 줌만도 못한 수전은 전혀 보이지 않았다. 그녀는 진만의 점퍼 앞 호주머니에 꽂힌 우지 기관단총을 발견했다. 여긴 미국 슬럼가도 아니었고, 진만의 행색이나 하는 짓으로 미루어 형사 또한 아니었다.

"신세 끼쳐서 미안합니다. 제가 보조석으로 갈게요."

경찰이 지나가자 진만은 깍듯이 사죄했다. 그는 덩치에 어울리지 않게 빠른 동작으로 자리를 옮겨 갔다. 늘 혼자 타긴 너무 크다 느꼈던 수전의 BMW가 처음으로 비좁게 느껴졌다. 수전의 시선이 자꾸 진만의 호주머니에 꽂힌 단총으로 향했다.

"총 놔두고 왜 사람 목을 졸랐어요?"

진만의 공격과 난입에 일순 오그라들긴 했지만, 수전은 눈썰미와 강단을 타고난 사람이었다.

"그게…… 모형인 줄 알까 봐요."

그때 갓난아기 울음소리가 터졌다. 진만이 당혹스러운 표정으로 점퍼의 지퍼를 내렸다. 그 안에 있던 건 아기였다. 그것도 쌍둥이처럼 보이는 여자 아기 둘. 진만은 아기띠도 없이 벨트로 점퍼 밑단을 꽉 여며 아기들을 품고 있었다. 한 아기가 앙앙 울자, 그 옆의 아기도 혀로 공갈 젖꼭지를 밀어내고 소리 없이 입 모양만으로 으아아아, 울 채비를 했다.

"내가 뭘 도와주길 바라요? 계속 운전만 해주면 돼요? 아니면 돈이 필요한가요?"

차츰 길이 열렸다. 수전이 브레이크에서 발을 뗐다. 사거리를 지나자 교통체증의 원인이던 사고 현장이 나타났다. 요리 포일처럼 구겨진 검정색 오토바이와 차창이 모두 박살 난 스포티지가 보였다. 어느 쪽이든 최소한 한 명은 죽었을 사고라고 수전은 생각했다.

"둘 중 하나가 내 조카예요. 근데 아무리 봐도…… 모르겠어요. 제 눈에 아기는 다 비슷해 보여요. 하필 옷까지 똑 같잖아요. 골라주세요."

수전은 어이가 없어 웃음이 났다. 기어코 두 아기가 울음을 터트렸다. 허리를 뒤로 젖혀 찜부럭을 내고 숨이 깔딱 넘어가 울음이 끊어지다 이어지길 반복했다. 두 아기의 얼굴이 곶감처럼 빨갛게 일그러졌다. 엉덩이를 들썩거리며 아기들을 달래는 진만도 상태가 좋지 않았다. 진땀을 줄줄 흘리며 숨을 몰아쉬었다. 과호흡이었다. 순식간에 안색이 창백해지고 턱이 떨렸다. 아기를 달래야 할 사람이 도리어 공황발작을 일으킨 것이었다.

"대시보드에 종이봉투 들었어요. 거기에 코와 입을 대고 호흡해요. 천천히 숨을 뱉고 그 숨을 다시 들이마셔요. 이해했죠?"

진만이 대시보드를 열고 종이봉투를 꺼냈다. 아기들은 자지러지게 울었고, 진만 또한 소리 없이 눈물을 흘리며 봉투 안에 숨을 넣었다 빼길 반복했다.

"호흡이 안정되면 약을 먹어요. 아까 그 봉투 옆에 응급이라고 적힌 하얀 통 열면 있어요."

수전은 뭔가 뜨거운 것이 목구멍으로 올라오는 것을 느꼈다. 오래 눌러두었던 슬픔이 용암처럼 끓어오르는 것이었다. 종이봉투와 자낙스는 시험을 앞두고 꼭두새벽까지 학원을 전전하던 진의 유품이었다. 진만의 둥긋한 체형, 조금 작은 귀, 툭 건드리면 울게 생긴 큰 눈이 아들과 퍽 닮았다고 생각했다. 수전은 자유로로 빠져나와 졸음쉼터에 차를 세웠다.

"내가 조카를 골라주면 다른 아기는 어떻게 되죠?"

물 없이 약을 삼킨 진만에게 물었다.

"부모에게 돌려줄 거예요. 진작 돌려주려고 했는데 사고가 나는 바람에……. 바로잡아야 해요."

진만은 납치된 조카와 맞교환할 범의 아내를 찾아 롯데시네마로 향했다. 그러나 집요하게 따라붙는 스포티지 한 대가 있었다. 전장에서 오래 합을 맞춰온 범과 진만은 상대의 계획을 어렴풋이나마 짐작할 수 있었다. 혼다는 자신이 범을 상대하고 있을 테니 목적지로 향하라며, 스포티지 앞에 사선으로 오토바이를 멈췄다. 진만은 극장 건물 주차장 앞에서 범의 아내 정하를 기다렸다. 범과 어울리지 않는, 키가 작고 웃으면 목련처럼 해사한 이십대 초반의 운전자를 찾았다. 그의 눈에 빨간색 모닝 차주가 들어왔다. 범의 휴대폰 배경 화면에 있던 소녀풍의 고운 여자가 사십대 후

반 정도로 보이는 중년 여자와 함께 차에 타 있었다. 아기는 뒷좌석에 있을 터였다. 진만은 그들을 따라 주차장으로 내려갔다. 엄마, 1시 반에 끝나니까 수영이랑 백화점 구경하고 픽업하러 와. 정하가 운전석에서 내려 엘리베이터로 향했다. 하지만 보는 눈이 너무 많아 납치가 불가능해 보였다. 그때 정하의 어머니가 보였다. 그녀는 운전석으로 옮겨 앉기 위해 차 문을 열었다.

진만은 죄 없는 범의 가족들에게 미안했지만, 정하 대신 아주 잠시만 아기를 빌려 가기로 마음먹었다. 그는 중년 여자보다 먼저 운전석으로 달려가 문을 닫고 액셀러레이터를 밟았다. 그리고 혼다와 범이 대치하고 있던 사거리로 돌아왔다. 하지만 오토바이는 완파되었고, 범은 구급차에 실려 가 사라지고 없었다. 어정쩡한 자리에 차를 멈춘 탓에 뒤따라오던 짐 트럭이 모닝을 들이받고 욕설을 퍼부었다. 하지만 진만의 세계는 진공이 되었다. 혼다와 지안이 죽었을지 모른다는 생각에 심장이 불규칙하게 뛰었다. 그는 사고 난 모닝에서 내려 우그러진 스포티지로 향했다. 모두 죽고 혼자만 살아남아 무엇 하랴 싶던 그때, 트렁크에서 희미하지만 확실한 아기 울음소리가 들렸다.

"처음엔 분명히 좌우로 나눠서 안고 있었는데……. 뛰다

보니 얘들이 꾸물꾸물 움직이며 위아래, 좌우로 자리를 바꿔서 이렇게 됐어요."

네가 살았으니 나도 살아야겠다, 마음먹은 진만은 아기들을 가슴에 품고 수전 앞에 나타난 것이었다.

"임자 만났네. 나 의사예요. 유전자 검사 해줄게요. 대신 결과가 나오는 데 시간이 좀 필요해요."

수전은 진만이 말할 때 유독 오른쪽 윗입술만 더 올라가는 모습도 진과 닮았다고 생각했다.

"얼마나 걸리는데요?"

"빠르면 24시간, 늦어도 48시간이요."

"그렇게는 안 돼요. 아까 사고로 애 아빠가 응급실에 실려 갔어요. 지독한 인간이라 곧 뛰쳐나올 겁니다. 그때까지 딸을 돌려놓지 않으면 우리 가족을 죽이러 찾아올 거예요."

뚱딴지같은 소리였지만 수전은 의심하지 않았다. 진은 자신에게 불리한 진실도 외면하지 않는 아이였다. 엄마, 논문 공동 저자에서 제 이름은 빼주세요. 그렇게까지 하면서 대학 가고 싶지 않아요.

"총 있잖아요. 그런데도 겁나요?"

"제가 아는 남자들 다 갖고 있으니까요."

"총이 무슨 고추도 아니고, 어떻게 남자마다 갖고 있다는 건지.”

수전은 진만의 점퍼 지퍼를 완전히 내렸다. 녹색 원피스가 말려 올라가 기저귀로 통통해진 아기들의 엉덩이가 드러났다.

“아기 골라주면, 그쪽은 나한테 뭘 해줄 거예요? 그냥 살려만 드릴게, 정도로는 안 되는데.”

녹색 벨벳 원피스는 육아 프로그램에 나온 어느 셀럽의 아기가 입어 유행이었다. 두 아기는 옷뿐 아니라 발육 상태며 머리숱까지 엇비슷했다.

“제가 할 수 있는 거라면 뭐든지요.”

수전은 두 아기의 뚜렷한 차이점이 보일 만한 부위를 떠올렸다. 바로 엉덩이의 몽고반점. 거의 모든 동양 아기들이 갖고 있고, 어린이집에 들어갈 즈음에야 사라지는 각양각색의 반점이었다. 진짜 삼촌이라면 기저귀 정도는 갈아줘봤을 테니, 진만도 구분할 수 있을 터였다.

“내 전남편을 죽여줘요. 시들한 고추만 있고 총은 없는 남자예요.”

“전 그냥 아기만 골라달라는 건데, 살인이요?”

진만이 놀란 표정을 지었다.

“이거 홀짝 게임 아니에요. 내 선택이 목숨보다 무겁다는 거 몰라요? 그냥 아기가 아니라 아기가 살아갈 인생을 고르는 거잖아요. 누구의 딸로 무슨 대접을 받으며 어떤 어른이 될지 떠안기면서 내 부탁은 못 들어준다?"

일생 홍정이란 걸 해본 적 없는 수전이었지만, 처음이자 마지막으로 승부수를 던졌다.

"전남편, 많이 나쁜 사람인가요?"

거절할 줄 알았던 진만이 눈동자를 빛냈다.

"뼛속까지 시커먼 악인이죠. 아내를 배신하고 아들의 죽음을 애도하지 않는 늙은 사이코패스를 죽이는 데 죄책감 느끼지 말아요. 난 산 사람보단 죽은 사람을 더 잘 다뤄요. 전남편 시체도 내가 없앨 수 있고요. 약속 지켜주면 평생 주치의가 돼줄게요. 분명 쓸모가 있을 거예요."

진만이 고개를 주억거렸다.

"민간인을 죽인 적은 없지만 해드릴게요. 찬밥 더운밥 가리다 잿밥 먹게 생겼으니까요."

그는 벨트를 풀고, 두 아기 중 더 사납게 우는 한 명을 수전에게 안겼다.

"민간인이라고 하는 게…… 혹시 군인이었어요?"

수전은 아기의 타이즈를 내리고 기저귀를 풀었다. 아기 허벅지와 엉덩이에 녹색 변이 질편했다.

"그런 셈인데, 천천히 설명할게요."

"대시보드에서 물티슈 좀 꺼내봐요. 뭐가 보여야 확인을 하지."

진만이 수전에게 절반쯤 남은 물티슈를 건넸다. 그녀는 아기를 안고 뒷좌석으로 옮겨 가 대변을 닦고 기저귀를 걷어냈다. 우리 아가씨, 질척거려서 기분이 나빴어요? 빨리 갈아달라고 우는데 삼촌이 못 알아들었어요? 아이고 서러워라. 수전은 능숙한 솜씨로 아기를 달래며 엉덩이 몽고반점을 확인했다. 손바닥 절반만 한 하트 모양의 푸른 반점이었다.

"조카 몽고반점이 하트예요?"

기저귀 대신 갑 티슈 한 뭉텅이를 엉덩이에 받치고 타이즈를 신기며 수전이 물었다.

"하트라기보다 복숭아 같았는데요."

수전의 눈에 몽고반점은 어떻게 보면 복숭아 같고 또 어떻게 보면 조금 눌린 하트 같았다. 진만이 고개를 돌려 아기 엉덩이를 확인했다.

"개…… 개가 맞아요. 이제 보니 똥 냄새도 우리 지안이네."

진만의 얼굴이 환해졌다. 그러나 수전은 꼼꼼하고 신중

한 사람이었다. 그녀는 진만에게 아기를 건네고 그가 안고 있던 아기를 받아 들었다. 역시 타이즈를 벗긴 뒤 노란 변을 걷어내고 몽고반점을 들여다봤다.

"개보다 살짝 옅고 작지만 얘도 복숭아 모양인데? 봉긋한 쪽이 어느 엉덩이에요?"

수전이 채근했다. 하지만 진만은 선뜻 답을 내놓지 못했다. 지난 100일 동안 조카 지안은 버젓이 존재하지만 굳이 필요가 있나 싶은 충수돌기와 비슷했다. 그 작고 쓸모없어 보이던 장기가 곪기 시작하자, 그는 비로소 책임과 상실감을 느꼈다. 진만이 말을 잃자, 약속이라도 한 것처럼 두 아기도 울음을 그쳤다. 수전은 두 번째 아기의 아랫도리에도 티슈를 받치고 옷을 여몄다.

"모르겠어요? 진짜 내가 골라요?"

수전의 말에 진만은 고개를 끄덕이다 가로젓다 다시 끄덕이며 갈등했다. 그때 수전의 차 옆으로 빨간색 배달 오토바이 한 대가 멈춰 섰다. 자유로에 어떻게 오토바이가 진입했는지 의아해하던 순간, 헬멧을 쓴 운전자가 다리를 끌며 다가와 뒷좌석 문을 열었다. 혼다였다. 정강이뼈가 두 동강 나고 늑골 네 개가 골절되었지만 혼다는 경찰이 오기 전 탈출했다.

"누가 수영이에요?"

혼다의 물음에 진만은 자신이 품에 안은 아기를 골똘히 바라보았다. 아직 모든 게 반투명하고 말랑한 존재가 그를 바라보며 입술을 동그랗게 모아 배냇짓을 했다. 유심히 들여다보니 잘록하게 들어간 목주름 사이에 하얀 이물질이 끼어 있었다. 분유를 토한 흔적이 남아 있다는 생각에 진만의 눈이 빛났다.

"이봐요, 내가 특징 하나 찾았어요. 당신이 안은 애 엄지가 유별나게 크고 뭉툭해요. 앤 평범한 사이즈고. 부모 중에 그런 특징 가진 사람 있어요?"

수전이 진만을 향해 물었다. 그제야 진만은 자신이 안은 아기와 자신의 손가락 모양이 닮았다는 걸 깨달았다.

"부모는 잘 모르겠지만, 제가 그런 손가락이에요."

진만의 말에 수전은 아기를 안아 등을 몇 번 도닥거린 뒤 혼다에게 건넸다.

"목숨 부지하면 연락할게요, 형."

혼다가 가죽 재킷 안에 아기를 넣고 지퍼를 올렸다. 선뜩한 한기 때문일까, 아기는 자지러지게 울며 버둥거렸다. 내딛는 걸음마다 핏물이 고일 만큼 부상이 깊었지만, 혼다는 배달부라는 자신의 임무에 충실했다. 그의 오토바이는 자유로를 역주행해 다시 일산으로 향했다. 엔진음에 묻혀 아기의 울음소리도 점점 옅어졌다. 진만은 품에 남은 아기를 힘껏 끌어안았다. 너여야 해. 네가 정지안이어야 해. 그렇지 않으면…… 내가 무슨 짓을 한 거니.

"자기 선택에 죄책감 갖지 말아요. 엄지 모양이 아니었어도 난 그 아기를 골랐을 거예요. 혹시 원망할 일이 생기면 그땐 날 탓해요."

수전은 차 뒷좌석 발 매트 아래에 숨겨두었던 담배 한 갑과 라이터를 들고 차 밖으로 나섰다. 깊이 한 모금을 빨아들이며 지난주에 부검했던 여섯 토막 난 시체를 생각했다. 사이코패스가 아니더라도 인간은 종종 끔찍한 방식으로 시신을 처리한다. 죽기 전까진 애인이거나 아내, 자식이거나 이웃이었지만 죽은 자를 오래 들여다보고 있으면 부패 전에 서둘러 처리해야 할 음식물 쓰레기 정도로 감정이 식어버린다고 들었다. 부검의들 또한 어린아이 시신이 아닌 이상 무심히 제 할 일에만 전념했다. 하지만 진이 죽고 난 뒤, 수전은 예전처럼 무심해질 수 없었다. 모든 시신이 어딘가 진과 닮아 보였다. 젊거나 남자거나 살이 쪘거나 옥니를 가졌거나 배꼽 옆에 밀크커피 같은 반점이 있거나 반곱슬이거나. 모두가 진을 연상시켜 집중할 수 없었다. 이제 죽은 아들을 놓아줄 때였다. 그러려면 제물이 필요했다. 전 남편을 살해해 그의 시신을 반듯반듯하게 토막 낸 다음 모욕해야 끝날 일이었다. 그걸 도와줄 임자를 이렇게 만난 터였다.

진만은 엔젤스튜디오에 전화를 걸었다. 마침 5시에 예약이 비었다는 말에 부리나케 택시를 잡아탔다. 진만의 걱정과 달리 스튜디오에는 여러 벌의 옷과 기저귀가 비치되어 있었다. 이럴 줄 알았으면 마트에 들르지 않았을 텐데, 후회했다. 지안은 딸기 무늬 옷에 꼭지 모양 모자를 쓰고 사진작가가 흔드는 부채를 바라보며 멍한 표정을 지었다. 검정 교복을 입고 책가방에 기대서는 울음을 터트렸다. 앙증맞은 치마저고리 차림에 족두리를 쓰고 두 팔을 팔락거리며 성을 냈다. 겨우 석 장의 사진을 골랐지만 환하게 웃는 표정은 하나도 없었다. 아버님, 우리 지안이 너무 씩씩해요. 사진작가가 참 힘든 아이라는 말을 에둘러 건넸다. 진만은 등골이 오싹했다. 애가 너무 순해 애 같지가 않다던 어머니 말이 떠올랐다. 우리 올케네 아들은 등에 센서가 달렸대요. 내려놓기 무섭게 운다고 어찌나 지안이를 부러워하는지, 형수의 자랑이 귓가에 생생했다. 지안을 안고 스튜디오를 나오며, 진만은 어쩐지 무게감이 다르다는 생각이 들었다.

"아냐, 아냐, 아니지?"

진만은 집에 돌아와 형수의 품에 지안을 안겼다. 분유를 먹는 조카 옆에서 괜히 체중계에도 올라가고, 식탁에 놓아 둔 유리병을 열어 땅콩을 꺼내 먹기도 했다. 링거를 연달아 두 병이나 맞았다는 어머니가 흰죽을 끓이며 이제 좀 살겠다고 혼잣말을 했다.

"어머, 지안이 배에 없던 점이 생겼네? 어머니, 애기들은 몇 개월쯤 되면 점이 생겨요?"

목욕물을 받는 형 옆에서 지안의 옷을 벗기던 형수가 어머니에게 물었다. 씹던 땅콩을 얼른 삼킨 진만이 귀를 기울였다.

"이맘때 생기지. 안 보이는 점은 복점이라더라."

어머니가 심드렁하게 대꾸했다. 진만은 스스로에게 최면을 걸었다. 배에 난 점은 우연히 오늘 발견했고, 유난히 크고 뭉툭한 손톱으로 핏줄을 확인했으니 된 거다. 그럼에도 진만은 초조하고 불안했다. 그는 머리를 득득 긁다 점퍼를 들고 집을 나섰다. 보통 사람들 사이에 섞여 시시껄렁한 얘기나 하다 보면 잡념이 사라질 것 같았다.

수전은 학교에 사직서를 내고 고향으로 내려갔다. 그녀

는 바닷가 근처 화재로 폐허가 된 성당을 사 연구소로 개축했다. 그러는 동안 진만도 약속을 지켰다. 낡은 구급차 한 대가 연구소 앞에 당도했고, 검은 베일을 쓴 수전이 구멍 숭숭 뚫린 이비인후과 의사의 시체를 맞았다. 수전은 보잘 것없는 고깃덩어리를 말끔히 씻기고 정성스레 기워 화장했다. 유난히 검은 연기가 많이 나는 시신이었다.

"범이 죽었어요. 그의 유가족을 책임져야 해요."

범은 중환자실에서 3주 만에 사망했다. 남은 건 그의 아내 정하와 어린 딸이었다. 범의 계획이 수포로 돌아간 만큼, 그를 조종하던 아시아계 용병들이 새로운 기회를 엿볼 터였다. 진만이 호락호락한 상대가 아니라는 걸 아는 이상 섣불리 덤비진 않겠지만, 창고지기 임기가 끝나고 무장이 풀리는 순간 기습할 가능성이 컸다.

"뒤바뀐 조카를 지키고 싶은 거죠?"

뒤늦은 유전자 검사 결과, 진만이 데려간 아기는 범의 딸 수영이었다. 실수를 바로잡기엔 아기의 성장 속도는 놀라웠다. 한 달 새 수영은 갓난아기 티를 벗고 이목구비가 또렷해졌다. 범의 아내 정하를 눈속임하기에 늦었다. 그래서 수전은 진만을 말리고 싶었다. 그녀가 겪어본 바, 연약한 사람일수록 분수에 맞지 않는 책임을 지려 했다. 그 무게에

눌려 진만이 압사당하지 않길 바랐다.

“그 애가 오갈 데 없어지는 날이 오면…… 수전 씨가 받아주세요.”

수전은 그러겠노라 고개를 끄덕였다. 진만이 짊어진 무거운 책임을 조금이라도 덜어주고 싶었다. 그리고 5년 후, 수영은 정말 오갈 데가 없어졌다. 집에 불이 나고 병원에 입원하러 간 엄마는 돌아오지 않았다. 수영은 언젠가 놀이공원에서 만난 아저씨가 한 말을 떠올렸다. 꼬마야, 아저씨가 마법의 주문 하나 알려줄게. 잊지 말고 꼭 기억해야 해. 너한테 안 좋은 일이 생기면 허공에 대고 세 번 외치는 거야. 정진만, 정진만, 정진만이라고. 그러면 기적이 일어날 거야. 수영은 엄마가 돌아오지 않는 밤을 꼴딱 새운 아침, 마법의 주문을 외웠다. 그러자 한 시간 만에 놀이공원에서 만났던 아저씨가 허리에 로프를 묶은 채 베란다 창문을 열고 나타났다.

“진만 씨는 배신자의 길을 선택했단다. 막강한 무기와 정보력을 갖추기로 했지. 그래야 너희 둘을 지킬 수 있으니까. PMC 무기 창고의 창고지기가 공석이 되는 순간을 기다렸어. 새로운 후임자가 창고 앞에 나타나자 그를 살해하고 점령했단다. 머더헬프는 진만 씨의 징글징글하게 무거운 책임감으로부터 시작됐지.”

이야기를 마친 수전의 시선이 내가 아닌 그림책에게 향해 있었다. 묻지 않아도 알 수 있었다. 삼촌의 진짜 조카 정지안은 내가 아닌 그림책이었다. 내가 부모님과 삼촌을 닮았다고 생각했던 것들은 전부 예단에 의한 억지였다. 멍한 얼굴로 앉아 있는 그림책의 옆모습은 영락없이 우리 아빠였다. 죽순처럼 길고 하얀 손가락은 엄마를 몹시도 닮아 있었다. 애니메이터가 된 외삼촌의 유전자는 그림책에게 고스란히 유전된 모양이었다. 하지만 여전히 실감 나지 않았다. 나를 키워내고 지켜준 사람이 아버지를 죽음에 이르게 한 원수라는 사실이.

"수전 씨는 날 속였어요. 가족인 척 연기해온 거잖아요."

내 아빠를 닮은 그림책이 붉게 충혈된 눈으로 수전을 바라봤다.

"수영아, 변한 건 없어. 진만 씨가 죽지 않았다면 굳이 밝히지 않았을 거야. 넌 영원히 우리들의 아이니까. 그래서 네 만화 엔딩이 궁금했어. 진만 씨가 스토리지 열쇠를 맡겼을 텐데, 이미 완성된 웹툰 안에선 아예 언급조차 되지 않았지. 열쇠의 행방이 엔딩에는 나올 줄 알았어. 그걸 지안이가 캐내주길 바랐고."

하얀 분을 뒤집어쓴 곶감처럼 단단해 보였던 수전이 무너졌다. 서늘했던 눈가가 벌에 쏘인 듯 빨갛게 부어올랐다.

"삼촌은 약속을 지키지 않았어요. 엔딩 대본을 보내주기로 한 게 4개월 전인데 내 메일도, 메시지도 읽고 씹어버렸다고요. 그래놓고 삼촌은 무슨 삼촌. 나한텐 옐로코드 외의 가족은 없어요."

어깨를 들썩이며 우는 그림책을 수전이 끌어안았다. 자신보다 머리 하나는 큰 그림책을 수전은 이제 막 걸음마를 뗀 아기처럼 토닥거렸다. 두 사람 주변으로 캣츠아이 뿔테 안경을 쓴 중년의 수전과 노란 원피스 차림의 어린 그림책이 뛰어다녔다. 할머니는 몇 살이야? 어른 그림책이 물었다. 할머니 소리 들을 나이지만 그냥 수전이라고 불러. 중년의 수전이 시큰둥한 표정을 지었다. 그럼 나도 내 이름 지을 수 있어? 주수영 말고 다른 이름. 어린 그림책이 수전의 안경을 벗겨 제 얼굴에 쓰고 와하하 웃음을 터트렸다. 어떤 이름이 갖고 싶니? 수전이 물었다. 난, 난 말이지, 그림 그리는 게 좋아. 원소기호 외우는 건 재미없어. 그림과 책을 좋아하니까 그림책으로 할래. 수전이 그림책에게서 안경을 넘겨받았다. 그녀는 손가락에 안경을 걸치고 맨얼굴로 그림책의 뺨과 맞댔다. 그래, 넌 우리와 좀 다르지. 다행이야. 여기와 어울리지 않아서. 오늘부터 그림책이라고 불러주마.

"내 열쇠는 그림책이 갖는 게 좋겠어요. 어차피 재가 가진 열쇠 없이는 스토리지를 열 수도 없으니까요. 내 열쇠를 들여다보면 자기가 가진 열쇠의 행방이 기억날지도 모르죠."

목구멍이 터질 것처럼 아팠다. 슬픔과 절망감이 단전에서부터 끓어올랐다. 스토리지에 들어갈 사람은 진짜 정지안, 그림책이었다. 나는 다리 많은 벌레가 손등을 타고 오르는 걸 느낀 사람처럼 진저리치며 가방을 던졌다.

"그 문젠 내 소관이 아닌 것 같다. 난 진만 씨에게 맹세한 대로 히든코드와 함께 머더헬프를 무력화시켜야 해. 용병단에게 총 한 정, 칼 한 자루도 남겨선 안 된단다. 어차피 죽을 날 받아놔서 별로 손해 보는 일도 아니지 뭐니."

수전이 말을 마치고 새로운 대마초를 꺼내려 담뱃갑을 열었다. 그러자 그림책이 자신의 휴대폰을 집어 던졌다. 그러고는 머리를 양손으로 움켜쥐고 비명을 터트렸다. 벌어진 입, 부릅뜬 두 눈, 새빨갛게 달아오른 귓불과 입술이 고통으로 움찔거렸다. 수전이 근심스러운 표정으로 그림책의 휴대폰을 펼쳐 들었다.

"히든코드가 메시지를 보냈어. 내가 떠난 직후 기지에 공습이 있었고, 옐로코드 전원이 사망했다는구나."

수전의 이마 한가운데를 가로지르는 굵은 핏줄이 툭툭 뛰는 게 보였다. 곧 폭발할 것처럼 뜨거운 마음이 먼발치의 나에게까지 전해졌다.

"수전 씨, 도망치지 않으면 모두 죽을 거라는 전화가 있었어요. 히든코드였나 봐요."

인생의 격전을 몇 번 치르고 나자 평온한 일상은 무료하고 권태롭게 느껴졌다. 하지만 위기에 내몰린 지금, 다시 엔진이 가동했다. 가슴에서 치미는 열기에 몸이 달아올랐다.

"시간이 얼마나 남았는지 제가 직접 확인해볼게요."

나는 수전에게서 휴대폰을 가져와 최근 통화 목록을 열었다. 부재중전화가 19통이나 와 있었다. 메시지 발신자와 같은 번호였다. 통화 버튼을 누르자, 마치 전화를 기다렸다는 듯 벨 한 번이 채 울리기도 전에 상대가 전화를 받았다.

"거긴 위험해요. 트럭 안장 밑에 좌표가 있을 거예요. 지금 빨리 스토리지로 가요."

상대는 다급한데 나는 씁쓸한 웃음이 나왔다. 전화를 받은 사람은 반역죄로 처형당한 민혜였다.

"역시 안 죽었네요."

삼촌과 머더헬프를 배신하고 바빌론의 하수인이 되었던 그녀는 용석동 편의점에서 사살되었다. 하지만 내 눈으로 시신을 본 적은 없었다. 놀랍지도 않았다. 삼촌은 만나는 모든 사람과 비밀을 만들었다. 그 때문에 번번이 내 앞에서 우스운 꼴이 되거나 실망감을 줬다.

"너…… 지안이니?"

민혜가 밭은 숨을 몰아쉬며 물었다.

"수영이어야 했는데 저라서 죄송해요."

역시 삼촌이 조카로 인식한 사람은 내가 아닌 그림책이었다.

"아냐, 그런 뜻이 아니야. 수영이 휴대폰이 2G여서 보안 때문에 그리로 했을 뿐이야. 지금은 도망쳐야 해. EMP탄이 터질 거야. 그러면 통신도 마비되고 방범 장비도 무력해져. 나와, 빨리!"

그 말을 끝으로 전화가 끊어졌다. 곁에서 통화를 듣고 있던 수전이 일어섰다.

"민혜 말대로 해. 너희 둘은 당장 떠나. 아들 둘을 앞세운 어미만 여기 남을 자격이 있다."

수전은 비통한 표정으로 작업실을 나섰다. 브라더가 원망 어린 눈길로 나를 바라봤다.

"저도 많은 걸 희생했어요. 그런데 왜 아무도 제 걱정은 안 해주는 거예요?"

처음으로 브라더의 눈에서 살기를 느꼈다. 우리 사이엔 분명 우정이 있었다. 그건 삼촌과 나, 나와 다나가 느꼈던 감정과는 결이 다랐다. 함께 있는 게 당연하고 서로에게 신세 지는 것이 미안하지 않은 관계라고 생각했다. 하지만 평등하지 않았다. 내가 당연하다 생각하고 누린 것 모두에 브라더의 양보와 인내가 따랐다.

"둘이 가면 되겠네. 가족들 다 죽었는데 나 혼자 무슨 재미로 살아? 심지어 내 웹툰엔 내가 나오지도 않아, 정지안이 주인공이지. 연재도 못 하고 골방에 처박혀서 목숨만 부지하느니 오늘 죽을게. 내 시체 뒤져서 사라진 열쇠나 찾아보시든가."

그림책은 내 어깨를 주먹으로 밀치고 수전의 뒤를 따랐다. 예상 밖의 전개였다. 무춤해진 브라더와 나는 조금 전 신경전을 잊은 채 바닥에 놓인 가방 손잡이를 바라봤다. 그때 쩌억, 고목나무 부러지는 소리가 났다.

"EMP탄 터졌나 봐요. 꼭 필요한 것만 챙겨서 떠나요, 우리."

브라더가 침묵을 깼다. 밖에선 하앗, 수전의 기합 소리가 들렸다.

"재를 놔두고 어떻게 도망가요. 난 여기 있을래요."

마음속 엔진이 멈추기 전에 나는 조금 더 달리기로 했다.

"그림책은 어려서부터 총술을 배운 애니까 어떻게든 버틸 거예요. 스토리지가 안 되면 내 자취방에라도 가요."

나의 가짜 삼촌은 나를 보호할 줄만 알았다. 그가 그림책에게 유독 혹독했던 건, 그녀가 자신의 분신이며 정체성의 일부라고 생각했기 때문일 것이다.

"그래서 더 짜증 나요. 삼촌은 왜 매번 나를 못난이 칠푼이로 만드는 거죠? 하자가 있어 사랑받지 못했다는 거잖아. 난 진짜 정지안보다 무능한 짭이 되긴 싫다고요."

하자가 있어 사랑받지 못했다는 말은 실수였다. 그 순간 허물어지는 브라더의 표정에 마음이 저릿했다. 방문 밖에서 드르륵, 자동소총 발사음이 들렸다. 저벅저벅, 거친 발소리에 가슴이 두근거렸다. 나는 브라더의 손길을 뿌리치고 작업실을 나섰다. 창고 앞에 수전과 그림책의 모습이 보였다. 탄창을 목에 두르고 자동소총을 든 수전이 총알 세례를 피하느라 폐드럼통을 밟고 창고 지붕에 올랐다. 한 마리의 흑표처럼 고혹스럽고도 재빠른 몸짓이었다. 음속보다 빠른 총알을 피하며 수전은 웃고 있었다. 상대의 무능을 조롱하듯, 어쩌면 자신의 죽음이 자연사보다 가치 있어 다행이라는 듯 통쾌한 웃음이었다.

그림책도 방탄조끼 차림에 전투용 헬멧을 쓰고 허리엔 더블 탄창 파우치를 둘렀다. 몸을 털며 가볍게 몇 번 뛴 그녀는 무서운 속도로 적진을 향해 달려나갔고, 총구를 우리 집 지붕 방향으로 올려 조준 사격했다. 그러고는 포르르 몸을 굴려 부엌 뒷문으로 몸을 숨겼다. 그림책이 떠난 자리에 총알 수십 개가 쏟아져 흙에 박혔다.

상황을 종합해보면, 미상의 적들은 담을 뛰어넘어 앞마당과 지붕을 점령하고 무기고를 향해 전진하는 중이었다. 규모를 알 수 없지만 발소리만 따져도 족히 스무 명은 넘었다. 나도 어설프나마 총을 다룰 줄 알지만 냉병기인 칼이 더 익숙했다. 창고로 들어가 무기를 더 챙겨야 했다. 두려웠다. 나의 가짜 삼촌은 늘 가짜 조카를 지키기에만 급급했다. 내가 넘어진 자리를 찾아가 돌부리를 캐내고 편편하게 흙을 덮을 줄만 알았다. 내가 누군가에게 이유 없이 해코지를 당하면 아무도 모르게 되갚아줬을 뿐 대항할 방법을 일러주지 않았다. 사격을 가르칠 때도 공격보다는 방어에 초점을 맞췄다. 삼촌은 나를 도망자로 키웠다. 어쩌자고.

"내가 아는 한 지안 씨는 형님에게 가장 사랑받는 존재였어요. 그리고 그린코드잖아요. 저도 최선을 다해볼게요."

브라더가 작업실에서 나왔다. 그는 삼촌의 겨울 점퍼를 내 머리에 뒤집어씌웠다. 무스탕 재질의 점퍼는 몹시도 무겁고 쿰쿰했지만 익숙한 삼촌의 체취가 배어 있었다.

"보내줄 때 떠나요!"

"지안 씨의 그 마음이면 충분해요. 그…… 안주머니에 권총이 한 자루 있었어요. 점퍼도 방탄 소재일 거예요. 안 그러면 그렇게 무거울 리 없잖아요. 셋에 뛰는 겁니다."

브라더도 허리를 숙여 점퍼 안쪽으로 몸을 웅크렸다.

"브라더, 제발 가요."

"그게 되면 우리가 정말 아무 사이 아닌 거죠. 형님이 원망스러워요. 어떻게 저한테 출생의 비밀 얘길 안 한 건지. 그래서 일이 복잡해진 거죠. 우리 계획대로였으면…… 저들이 도착하기 전에 지안 씨는 스토리지로 옮겨졌을 거예요."

두꺼운 창고 문에 튕겨 나온 총알이 우리의 발끝으로 떨어졌다.

"우리 계획? 브라더는 다 알고 있었다는 거예요?"

브라더는 대답하지 않았다. 그는 주먹을 쥐고 엄지, 검지, 중지를 하나씩 펼쳤다. 브라더의 계획대로 우리는 작업실로부터 15미터가량 떨어진 창고를 향해 달렸다. 총알 몇 개가 점퍼에 박혀 머리와 어깨를 타격했다. 방탄 소재라고는 하지만 망치로 내리치는 것 같은 통증이 느껴졌다. 간신히 도어록을 해제하고 창고로 들어섰다. 그곳 역시 굉음과 함께 천장이 요동쳤다.

"어디서부터 어디까지 알고 있는 거예요?"

나는 점퍼를 내팽개치고 브라더의 어깨를 밀쳤다. 그가 불안한 눈길로 위태로운 천장을 바라보며 한숨을 내쉬었다.

"형님은 신체적으로도 편찮으셨어요. 그걸 지안 씨에게 들키고 싶지 않아 했고요."

브라더는 무릎을 꿇고 고개를 떨구었다.

"암? 심혈관질환? 뭐, 내 핏줄도 아니니 가족력 같은 건 상관없어요. 날 속인 게 실망스럽지."

나는 가장 가까운 도검류 진열대에서 오토매틱 나이프 하나를 집어 칼날을 세웠다. 뒤늦게 브라더도 권총을 갖고 있다는 걸 깨달았지만, 그는 대항하지 않았다.

"제발 대답 좀 해요. 삼촌 병이 뭔지, 저 사람들은 누군지."

가까이 다가서 언성을 높이자 브라더가 어깨를 들썩이며 울었다.

"나한테도 의리란 게 있어요. 형님이 비밀로 하랬으니 더 말할 수 없어요. 제가 예상할 수 있는 건 저 사람들의 정체 정도예요. 아마 PMC에서 잘리고 바빌론에 흡수되지 못한 아시아계 용병들일 거예요. 아까 수전 씨 얘기대로라면 범의 동료들이겠죠."

비상 상황이 아니었다면 브라더와 육탄전을 벌여서라도 삼촌 신상에 대해 더 캐냈겠지만 지금은 여유가 없었다.

"그럼 옐로코드를 전멸시킨 이유는 뭔데요?"

"그림책 때문이겠죠. 정진만의 진짜 조카를 사살하려다 실패하자 애꿎은 옐로코드들을 죽인 거예요. 옐로코드 전용서버 방화벽이 촘촘했던 건 이전에 누군가 해킹한 적이 있었기 때문일 거고. 그게 저들이라면 그림책이 정진만의 진짜 조카라는 걸 진즉 알아챘을 거예요."

우지직, 천장 가장자리에 틈이 벌어지며 일시에 조명이 사라졌다. 철제 상자나 다름없는 창고에도 취약한 지점은 있었다. 통조림 캔처럼 천장과 벽이 만나는 접합부였다. 폭약으로 충격을 준 뒤 유압 리프트로 들어 올리면 틈새가 벌어질 법했다. 어둠 속에서 반달 모양의 천장 틈으로 별이 새어들었다. 새카만 전투복 차림의 용병 하나가 몸을 꿈쩍거리며 기어드는 게 보였다. 그를 시작으로 창고는 점령될 터였다. 그들이 여기까지 다다랐다는 건, 창고 앞을 지키던 수전이나 그림책의 전사를 의미했다. 둘을 좋아한 적은 없지만 삼촌이 좋아한 사람들이었다. 주변에서 벌어진 죽음의 대부분은 내 책임이었다. 태어나지 말았어야 했다. 뒤바뀌지 않았어야 했다. 불가역한 일들을 후회하는 동안 죽음은 내게 바싹 다가붙었다.

"브라더, 마지막 기회예요."

누군가 살아야 한다면, 그건 아무 코드도 갖지 않은 브라더였다. 그가 도망칠 수 있도록 용병의 시선을 출입구에서 멀리 떼어놔야 했다. 요충지인 이곳은 내 손바닥 안이었다. 발소리를 없애야 했다. 운동화와 부피가 큰 후드티셔츠를 벗어버렸다. 마침 가까운 진열대에 삼촌이 삐삐선이라 부르던 피복 야전선이 보였다. 한 타래를 꺼내 진열대 프레임에 묶고, 다른 진열대로 건너가 프레임에 한 바퀴 두르고 다음 진열대로 넘어가길 반복했다. 3미터쯤 남긴 야전선을 손에 단단히 움켜쥐고 바닥에 엎드렸다. 용병이 접근하면 야전선을 당겨 진열대들을 도미노처럼 쓰러뜨릴 작정이었다.

그때 쇼핑몰 곳곳에서 샌드백 두들기는 소리가 났다. 퍽, 퍽, 퍽, 툭, 툭, 퍽. 벽과 진열대, 여기저기에서 에어백처럼 인간 모형인 더미에 공기가 차올랐다. 내가 선 도감청 장치 진열대 하단에서도 더미가 부풀었다. 손으로 만져보니 따뜻한 공기가 차오르는 게 느껴졌다. 쇼핑몰이 파손되자 비상 시스템이 가동된 것이었다. 창고는 단순한 보관소가 아니었다. 총과 칼로 무장했지만 언제든 기습받을 수 있다는 긴장감으로 일생 편하게 잠들어본 적 없는 정진만과도 같았다. 그는 아무에게나 쉽게 심장을 내어주지 않을 터였다.

마침내 용병 한 명이 기를 쓰고 창고 안으로 진입했다. 그는 새카만 디지털 고글을 쓰고 있었다. 어둠 속에서도 사물을 구분하고 열화상카메라로 움직임까지 탐지하는 고성능 전투 장비였다. 하지만 따뜻한 더미가 곳곳에 깔린 쇼핑몰 안에선 오발을 유도해 전투력을 마비시키는 애물단지에 불과했다. 용병은 잠시 주위를 둘러보고는 디지털 고글과 전투모를 벗어 바닥에 내려놓았다. 왜소한 남자라고 생각했던 용병은 사십대 중반의 여자였다.

"해치지 않아. 무기도 내려놓을게."

여자는 어깨에 걸쳐두었던 기관단총을 내려놓은 뒤 발로 차 멀리 떨어트렸다. 그러고는 손바닥이 보이게 양손을 들어 무기가 없다는 걸 보여줬다.

"봤지? 난 널 죽이러 온 게 아니야. 딸을 만나러 온 거지. 내가 네 엄마야. 새로 시작하자, 지안아."

여자는 내 생물학적 엄마, 이정하였다. 그녀는 벽에 고정된 비상등을 가져와 자신의 얼굴을 비췄다. 조금 통통하고 눈꺼풀이 처졌을 뿐 나와 꼭 닮은 여자가 울 것 같은 표정을 짓고 있었다. 하지만 그녀가 여섯 살까지 키운 딸은 내가 아닌 그림책이었다. 옐로코드 서버를 해킹한 뒤에야 아이가 뒤바뀌었다는 걸 알았을 텐데, 갑자기 정진만이 키운 조카에게 모성애가 생겼을 리 없었다.

"그림책에게 무슨 짓을 한 거야? 아무리 남의 새끼라도 키운 정 같은 거 없어? 혹시 나도 모르게 뻔뻔한 인간들한테만 번식할 자격이 생긴 건가? 당신도 내 부모 같은 짐승이냐고!"

내가 품은 의문을 브라더가 목소리로 내질렀다. 여자의 시선이 창고 입구 쪽 무스탕 점퍼로 향했다. 비상등을 비추자 점퍼를 걷어낸 브라더가 보였다. 잔뜩 성이 오른 브라더가 어깨를 들썩거리며 눈을 부릅떴다.

"내근직 브라더인가? 다른 사람도 아니고 네가 키운 정 운운할 순 없지. 당신이 정진만 죽였잖아. 네가 CCTV 원본 지우기 전에 우리가 먼저 봤어. 코흘리개 시절부터 너 걷어 키운 사람이 정진만 아니었나? 개도 너보단 의리 있겠다."

믿어지지 않는 이야기가 튀어나왔다. 아니라고 말해요. 가장 많이 울고 몸부림친 사람이 브라더였잖아요. 삼촌이 쓰던 식기와 옷가지, 어느 것 하나 도저히 버릴 수 없다며 차곡차곡 상자에 담아 가져갔잖아요. 쓰러져가는 머더헬프를 살리려고 함께 발버둥 쳤잖아요. 아니라고 대답해요, 브라더!

"그래, 나 개만도 못하다."

브라더는 부정하지 않았다. 그는, 한때나마 나의 다정하고 소중했던 브라더는 살인자였다. 단지 삼촌의 죽음에 얽힌 무언가를 알고 있다 생각했는데, 브라더는 삼촌을 살해한 진범이었다. 우정이 휘발된 자리엔 삼촌이 입던 점퍼만 덩그러니 남았다. 그 초라한 소가죽을 바라보다 휘청거리던 마음이 일어섰다. 브라더가 공격하려는 사람이 내 생물학적 엄마여서가 아니었다. 우리가 가족이라 믿은, 친구로 여긴 신념을 배반한 대가였다. 야전선을 쥔 손에 힘을 주었다. 손등에 서너 번 선을 감아 체중을 실어 당기자 예상대로 진열대가 기울기 시작했다. 권총, 소총, 기관단총, 장검, 단검, 비수, 쿠크리, 지뢰, 폭약, 화염방사기, 콤파운드활, 시안화칼륨, 비소, 황산, 마이크, 앰프, 송신기…… 그 모든 걸 조이고 닦고 기름칠하던 연장들이 차례차례 쏟아져 브라더를 덮쳤다. 사람보다 사물이 내지르는 비명이 더 끔찍했다. 쇠가 쇠를 긋고 폭약이 다른 폭약의 도화선이 되었다. 외려 아무 소리도 지르지 못한 건 브라더였다. 뿌연 연기와 매캐한 폭약 냄새에 눈이 매웠다. 따뜻한 공기가 가득 차올랐던 더미가 터지며 마지막 굉음을 냈다. 고작 이렇게 간단했나 싶은 악인의 최후였다.

진열대 도미노는 정하의 군화 앞에서 멈추었다. 빽빽한 진열대 숲이 사라지자 나와 그녀가 비로소 서로의 얼굴을 정면으로 바라볼 수 있었다. 놀라 동그래진 눈 속엔 탁한 눈동자가 담겨 있었다. 외양은 분명 나를 복사해 붙여놓았는데, 왜인지 이질적이고 꺼림칙한 감정이 일었다. 불쾌한 곰짜기처럼 섬뜩함마저 일었다. 나는 헌팅 나이프를 바지 뒤춤에 꽂고 천천히 걸음을 옮겼다.

"미친년이네? 이게 다 얼만데 고꾸라트려?"

정하가 눈썹을 높이 치켜뜨고 나를 원망했다. 그녀를 구할 목적으로 진열대를 무너뜨린 건 아니었다. 하지만 내 선택 덕에 정하는 브라더의 공격을 피할 수 있었다. 하지만 고마워하기는커녕 다짜고짜 욕부터 퍼붓는 걸 보니 진짜 목적은 따로 있는 게 분명했다.

"여기 찾아온 거…… 무기 때문이죠?"

내 물음에 정하가 코웃음을 쳤다. 알렉스를 겪지 않았다면 나는 모든 엄마에겐 모성애가 있다고 믿을 뻔했다.

"뭐, 그럼 너 사랑해서 왔을까 봐? 난 내 남편, 그러니까 네 아빠만 사랑했어. 그 사람은 너랑 정진만 아니었으면 아직 내 옆에 있었을 거고! 자식이야 또 낳으면 되는 걸 바보같이."

내게 생명을 나누어준 사람이 몇 걸음 앞에 서 있었다. 이런 자리가 아니었다면 묻고 싶은 게 많았을지 몰랐다. 진짜 내 생일은 몇 월 며칠인지, 태몽은 뭘 꿨는지, 어쩌다 유해한 남자와 사랑에 빠져 이런 박복한 유전자를 남겼는지. 그러나 여긴 삼촌의 심장 한가운데였다. 그가 살아 있다면 지금쯤 어디선가 불쑥 솟아 나왔어야 했다. 하지만 창고는 조용했다. 모든 선택과 행동, 그에 따른 결과는 이제 내 몫이었다. 삼촌이라면 어땠을까, 같은 가정은 하지 않기로 했다. 이제 나는 홀로 설 시간이었다. 학생을 지나 인턴을 거쳤고 사회로 내던져졌으니 귀찮아해선 안 되었다. 정하의 짜증 섞인 눈길을 피하지 않았다. 비정하고 비열하고 비극적인 악인들의 테마파크답게, 악몽을 선사해주기로 했다.

"쓸모 있는 딸이 되면, 나 받아줄래요? 사업 제대로 키우고 싶잖아요. 나한테 정진만의 노하우가 있어요."

정하가 경계를 풀기 바라며 나긋하되 너무 간절해 보이지 않도록 목소리를 낮췄다. 뒤춤의 헌팅 나이프는 12센티였다. 내 팔 길이는 54센티. 숨통을 끊으려면 60센티 이내로 가까워져야 했다.

"킬러맵 먹통 된 거 모를까 봐?"

그렇게 말하면서도 정하의 표정이 한결 누그러졌다. 급한 마음을 억누르고 일정한 속도로 걸음을 옮겨 그녀에게 다가갔다.

"복구하면 되죠. 그린코드가 그 정도도 못 하겠어요?"

가까이서 보니 정하는 신형 방탄복을 입고 있었다. 복부 공격은 적절하지 않았다. 잘못하면 내 손만 다치고 제압당하기 십상이었다. 그렇다면 경동맥이 흐르는 목. 계절에 맞지 않게 턱 밑까지 올라온 터틀넥이 두툼했다. 방검용 특수 제작품이었다. 마지막으로 노릴 수 있는 곳은 머리밖에 없었다.

정지안, 이걸 우리는 티존이라고 불러. 아니, 여드름 나는 얼굴 쪽 말고 뒤통수 한가운데 치명점도 티존이야. 여기, 느껴져? 뒤통수가 끝나는 지점에 오목한 곳 있지? 그렇지. 꼭 총이 아니어도 돼. 칼로도 제대로만 찌르면 즉사하는 부위거든. 문제는 위치가 애매해서 아주 가까운 거리를 확보해야 쓸 수 있는 기술이야. 상대를 끌어안듯 다가서야 닿을 수 있어. 그러다 보니 실전에선 쓸 일이 없어. 포옹할 수 있는 관계를 어떻게 끊어내니. 전설의 필살기로 남은 거지. 삼촌의 덤덤한 목소리가 들렸다.

"나한테도 그린코드 줄 수 있어? 옐로코드는 불가능하다고 했지. 그래서 모두 사살한 거고."

정하는 자못 들떠 보였다. 밖에서 툿, 툿, 툿, 툿 기관단총 소리가 울렸다. 여전히 누군가 싸우고 있었다. 생존자가 있다면, 그게 그림책이길 바랐다. 옐로코드의 몰살에는 그림책의 잘못이 없었다. 정하는 그저 원하는 걸 얻지 못하면 내키는 대로 패악을 부려야 직성이 풀리는 성격장애 환자였다.

"내 엄만데 안 될 게 뭐 있어요."

비로소 정하와 포옹할 만큼 가까워졌다. 이제 왼팔로 그녀의 한쪽 어깨를 감고, 오른손으로 헌팅 나이프를 꺼내 티존을 찌를 수 있게 되었다. 이미 시뮬레이션 속에서 정하는 여러 번 죽었고, 나 또한 반격당해 사망했다. 반격하기 전에 치명타를 입힐 정확한 동작을 그려냈다. 기회는 한 번뿐이었다. 그녀가 겁먹지 않길, 내 손이 단번에 헌팅 나이프를 거머쥘 수 있길.

"나야 너무 고맙지."

나는 왼팔을 올리고 정하의 어깨로 몸을 기울였다. 땀내와 비릿한 체취가 나를 감쌌다. 이제 오른손만 뒤춤으로 옮기면 됐다. 그런데 없었다. 칼자루가 만져지지 않았다. 정하가 깔깔 웃으며 나를 밀쳐냈다. 등허리가 축축했다. 전신에 치통이 뻗치는 것처럼 극악의 통증에 비명이 터져 나왔다.

"내가 어떻게 살아남았는데. 난 아무도 안 믿어. 나만 믿어. 너 티존 노렸지? 그런 전설을 정진만만 알았을까? 넌 차라리 네 아빠 얼굴을 닮았어야 했어. 그럼 망설이기라도 했을 테니까."

정하는 실전 경험이 많은 용병인 모양이었다. 내가 어딜 노리는지 훤히 알고 기회를 잡은 것이 분명했다. 바닥을 짚고 무릎 꿇었다. 나이프가 박힌 자리에 손을 뻗었지만 닿지 않았다. 짧지만 스펙터클한 인생이었다. 통, 통 벽을 치는 소리에 무거운 눈꺼풀을 들어 올렸다. 벽과 지붕이 벌어진 틈으로 붉은 로프 하나가 떨어지더니, 날렵한 체형의 여자가 하강했다. 바짝 당겨 묶은 머리에 무테안경을 쓴 화장기 없는 얼굴, 민혜였다. 그녀를 알아본 정하가 바닥에 나뒹구는 기관단총 MP5를 집어 들고 어두운 벽 쪽으로 포복했다.

언뜻 본 민혜는 무장하지 않은 맨몸이었다. 사정거리 안에 들어오면 정하는 사격을 시작할 터였다. 도움을 주고 싶었지만 한 걸음 내딛는 것조차 힘든 통증이 밀려들었다. 이제 살기를 포기해야 할 때가 온 것 같았다. 나는 바닥을 짚은 손에 힘을 풀고 완전히 엎드렸다. 배 아래로 울퉁불퉁하게 솟아오른 쇼핑몰 물건들이 느껴졌다. 툭, 툭, 내 심장이 뛰는 건지 아니면 삼촌의 심장 같은 쇼핑몰이 들썩거리는 건지 가늠할 수 없었다.

"지안 씨, 숨 들이쉬어요."

브라더의 목소리가 들렸다. 고개를 들 수 없어 얼굴은 못

보지만 분명 브라더였다.

"하나에 들이쉬고 둘에 내쉬고. 대답 안 해도 돼요. 하나."

툭, 툭 뛰던 무언가는 브라더가 내 등을 두드리는 감촉이었다. 그가 어떻게 살아남았고, 왜 나를 돕는 건지 알 수 없었다.

"두울."

하지만 나는 브라더가 시키는 대로 둘에 숨을 내쉬었다. 근육이 빼근하고 살갗이 뜨끔했다. 피 묻은 헌팅 나이프가 바닥으로 떨어졌다.

"많이 아팠죠? 요추는 비껴가서 치명상은 아닌데 피가 많이 나요. 난 피가 무서운데, 정말 무서운데, 요즘 자꾸만 이런 걸 보게 되네요."

브라더가 울먹이며 나를 일으켜 앉혔다.

"덩치 작아서 좋았던 적은 이번이 처음이에요. 진열대 칸막이 공간이 58센티거든요. 웅크리니까 완전 딱 들어맞더라고요. 코뼈가 부러진 거 같은데, 나 괜찮아요?"

피가 무섭다는 그의 얼굴은 온통 피로 젖어 있었다. 멍이 잔뜩 올라온 브라더의 코는 누가 봐도 심한 골절 상태였다.

"왜 그랬어요?"

내 물음에 브라더가 입술을 내밀고 고개 숙였다.

"형님의 부탁이었어요. 거절하기엔 내가, 내가 그 사람을 너무 좋아했어요."

브라더의 코에서 피 섞인 콧물이 길게 늘어졌다.

"왜요? 왜 죽고 싶댔는데요?"

"최근 몇 개월 사이에……. 엎드려요!"

브라더는 대답을 잇지 못했다. 타, 타, 타, 타 MP5 연발음이 들렸다. 정하의 사정거리에 민혜가 들어온 모양이었다. 탄창이 비었는지 총성이 멈췄다. 비명은 들리지 않았지만 투닥거리는 소리가 이어졌다.

진짜 싸움은 입이 아니라 몸으로 하는 것, 그러니 쓸데없이 긴말 말고 확인 사살 잊지 말라던 삼촌의 충고가 생각났다. 살짝 고개를 들었다. 천장과 벽 틈에서 새어든 빛 아래, 과묵한 두 여자가 주먹과 발로 서로를 공격했다. 조금만 손 뻗으면 널린 게 무기였다. 그녀들의 싸움은 상대에게 무기를 내어주지 않겠다는 의지의 몸짓이었다. 권총이나 탄창을 향해 정하가 손을 뻗으면 민혜는 그녀의 허리를 잡아 바닥에 메어꽂았다. 민혜가 무기를 향해 몸을 굴리면 정하가 엉겨 붙어 다리 사이에 목을 끼우고 비틀었다. 전세가 점점 정하 쪽으로 기울었다. 전투복과 방탄복을 입은 만큼 타격에 강했다.

정하는 민혜의 옆구리만 집요하게 공격했다. 주먹으로 쥐어지르고 군홧발로 걷어차고 무릎으로 팔꿈치로 찍어 눌렀다. 벽으로 내몰린 민혜는 죽음의 기로에서도 태연했다. 탕비실에서 티백을 뜨거운 물에 담그고 우러나길 기다리는 직장인처럼 다소 지루하고 피곤해 보이는 표정에서 그녀 역시 오랜 우울증에 시달렸다는 걸 알 수 있었다. 사람을 죽이는 사람은 누구나 피해갈 수 없는 숙명일지 몰랐다. 내 엄마지만 한 번도 내 편에 선 적 없는 정하에게 쇼핑몰을 넘겨줄 수 없었다. 나는 엎드린 몸을 일으키고 헌팅 나이프를 손에 쥐었다. 통증은 한결 수그러들었지만 걷거나 뛰지는 못할 것 같았다. 숨이 차올랐다. 폐 가득 숨이 차기만 할 뿐 빠져나가지 못하는 기분이었다.

"지안 씨!"

주춤주춤 걷는 나를 브라더가 꺼져가는 목소리로 불렀다.

"다녀올게요. 거기 있어요, 거기."

나는 이리 휘고 저리 휘는 몸을 곧추세워 정하와 민혜에게 다가갔다. 정하가 민혜의 옆구리에 주먹을 꽂았다. 이래도 안 죽어? 이래도 못 죽냐? 징그러운 년. 이제야 그녀의 입에서 말이 터졌다. 힘껏 승리감에 도취된 정하는 저도 모르게 싸움꾼의 금기를 어긴 것이었다. 민혜가 공허한 눈빛으로 안경을 벗어 던졌다. 안경 렌즈에 내 얼굴이 반사되는 걸 염려한 모양이었다. 민혜든 정하든 마음만 먹으면 꼭 끌어안을 만큼 가까워졌다. 나는 정하의 티존을 향해 헌팅 나이프를 밀어 넣었다. 잘 벼린 칼은 큰 저항 없이 내 엄마의 두개골 아래를 파고들었다. 정하의 한쪽 무릎이 꺾였다. 장갑 낀 손가락도 감전된 사람처럼 달달 떨렸다. 시시한 유언이라도 남기면 어쩌나 걱정했지만 정하는 곧바로 숨을 거뒀다. 작지만 단단해 보이던 몸이 풀썩 바닥으로 쓰러졌다.

그제야 민혜가 자신의 옆구리를 잡고 주저앉아 신음했다.

"수전 씨랑 그림책은요? 설마 죽은 거예요?"

"범의 동맹이었던 용병단 수가 엄청나. 열여섯을 수전 혼자 처치했어. 지금은…… 하……."

민혜가 힘겹게 몸을 일으켰다. 그녀는 멀거니 서 있는 내게 다가와 셔츠 앞주머니를 뒤적거렸다.

"정지안, 이게 뭔지 알지? 너 너무 흥분했어. 이대로 두면 쇼크 와."

내가 대답할 새도 주지 않고 민혜는 내 목덜미에 동그란 반창고 모양의 패치를 붙였다. 손에 쥐고 있던 나이프가 챙강, 소리를 내며 바닥에 떨어졌고, 곧 몸이 기울었다. 민혜가 재빨리 나를 받아 가슴으로 안고 조심스레 바닥에 눕혔다. 손톱보다 작은 크기지만 성인 남성도 30분 이상 몸을 움직일 수 없는 강력한 신경 마취제였다. 살짝 뜬 눈의 시야와 청력은 살아 있었다. 찌걱찌걱 소름 끼치는 쇳소리가 들렸다. 천장과 벽 틈새가 더 벌어지며 레펠을 타고 하강하는 용병들이 거미 떼 같았다. 민혜는 엎어진 진열대 틈에 숨어 하강하는 용병들을 한 명, 한 명 사살했다. 그럼에도 용병들은 포기하지 않고 개틀링건을 들이밀며 공격에 나섰다. 민혜는 사살을 포기하고 화약고로 달려갔다.

"브라더, 내 목적은 여길 폭파해서 누구도 사용하지 못하게 만드는 거야. 그러니 어서 떠나. 머더헬프는 잊고 브라더 대신 네 이름 박우진으로 살아. 진만 씨가 바랐던 대로."

민혜는 화약고에서 노란색 도폭선을 끌고 나와 물건들 사이사이에 깔았다.

"내가 다 망쳤어요. 누나가 히든코드인 것도 몰랐고, 어떻게 호출해야 하는지도 몰랐어요. 용병단이 기습할 것도, 나 때문에 사람들이 죽을지도 몰랐어요. 그냥 병신같이…… 49일까지 여기 머물다 떠날 생각이었어요. 추모식은 해주고 싶었거든요."

"진만 씨는 자기 생일도 안 챙기던 사람이야. 섭섭해하지 않을 거야. 그러니 이제 서로에게 가장 유리한 방식으로 생존하자. 알겠지?"

내 시야엔 브라더의 발만 보였다. 그가 열쇠가 든 툴박스를 내 가슴 위에 올려두었다.

"혹시 형님한테 그림책 몫의 열쇠 얘기 못 들으셨어요? 진짜 모르는 눈치던데요."

"열쇠 얘길…… 아마도 하려고 했겠지. 하려다 잊었겠지. 브라더, 일단 여길 피하는 게 우선이야."

주춤거리며 갈등하는 발걸음은 얼마 지나지 않아 꾸역꾸역 밀려드는 용병들에게 쫓겨났다. 총알 하나가 내 발등을 맞춘 것 같았지만 통증이 느껴지지 않았다. 여러 종류의 언어가 시끌벅적했다.

"누구니? 누가 우리 할머니 배를 열십자로 갈라놨어? 어떤 새끼야!"

그림책이 울부짖는 소리가 들렸다. 일순 외국말이 멈췄다. 늘 수전을 수전 씨라고 호명해온 그녀가 할머니라는 표현을 썼다. 여섯 살부터 옐로코드에 입양되어 자라온 그림책에게 수전은 동료 이상의 존재일 터였다. 내 시야에서 보이진 않지만 로프가 흔들리는 걸로 보아 그림책이 매달린 모양이었다. 하강하며 그녀가 갈기는 총알에 이마와 목덜미, 가슴을 관통한 용병들이 픽픽 고꾸라졌다.

"그림책!"

민혜가 목청껏 그림책을 불렀지만 총성은 끊이지 않았다. 간간이 그림책의 비명과 신음도 들렸다.

"당신이 나한테 전화한 히든코드구나? 내 껍데기가 난도질당하는데 왜 못 본 척했어? 왜 저 계집애부터 구하러 들어갔냐고!"

죽어가는 용병들의 신음이 창고 곳곳에서 처량하게 울려댔다.

"그래, 내가 소민혜야. 아깐 미안했다. 하지만 너희를 지키는 게 내 임무야."

책에 책 커버가 있듯, 거북이에게 등껍질이 있듯 수전은 그림책의 껍데기였다. 내게도 그런 존재가 있었다. 정진만이라는 두껍고 거친 껍데기 덕분에 비바람과 눈보라를 피해 어른이 되었다. 일련의 사건들을 겪으며 그가 불순한 집단의 우두머리라는 사실을 깨닫고 나는 내 껍데기를 경멸하면서도 동경했다. 그리고 이제야 껍데기의 속이 어땠을지 떠올리게 됐다. 자신을 끔찍이도 원망하면서 비정하고 음침한 세상을 향해 돌진하는 어린 존재가 그는 얼마나 두려웠을까. 그리고 미안했을까. 비로소 삼촌을 잃은 슬픔이 휘몰아쳤다.

"나한테 정진만은 아무것도 아니야! 피 좀 섞였다고 조카 인생을 쥐락펴락할 권리 있어? 내 가족은 옐로코드들뿐이었다고."

왼쪽 상완에 총알이 박힌 그림책이 내 시야에 들어왔다. 사람이 저럴 수도 있구나, 새삼 놀라울 만큼 그녀는 괴수같이 안광을 빛냈다. 그림책이 총을 겨누자 민혜는 무장을 해제하고 두 손을 펼쳐 들었다. 그러고는 조심스러운 걸음으로 그림책을 향해 다가갔다.

"옐로코드를 공격할 줄은 몰랐어. 나도 유감이다."

민혜의 목소리가 누그러졌다. 그림책의 위치에서는 볼 수 없었겠지만, 내가 쓰러져 있는 방향과 각도에선 민혜의 왼손 검지와 중지 사이에 패치가 끼워진 게 보였다. 그림책을 마취시킬 속셈이었다.

"당신이 저 여자 죽였어?"

그림책이 정하를 힐끔 보고 민혜에게 물었다.

"그래. 내가 살려고 죽였어. 아까 너도 그 여자 죽이려고 했잖아. 내가 뒤처리했을 뿐이야."

민혜는 거짓말을 남기고 펜싱 하듯 폴짝 뛰어 그림책의 목덜미에 신경 마취제를 붙였다.

"지금은 이 방법밖에 없다, 그림책."

그림책이 마취된 직후 용병들이 다시 창고 안으로 밀려들었다. 부상당해 쓰러져 있던 몇몇도 몸을 일으켰다. 민혜의 발걸음이 빨라졌다. 무기와 물건들 사이에 깔아놓은 도폭선을 터트렸다. 폭음과 함께 창고가 진동했다. 용병들도 소란에 빠졌다. 민혜는 방수포 한 장을 펼쳐 그림책과 나를 올려놓고는 기를 쓰고 출입문으로 돌진했다. 창고는 안에서도 밖에서도 정맥 인식 없이는 열리지 않았다. 뒤따라온 용병들이 문에 가로막혀 고함을 질렀다.

브라더는 우리가 탈출하기 쉽게 삼촌의 트럭 양쪽 문을 열어두고 도망친 모양이었다. 민혜가 나와 그림책을 트럭 짐칸에 실었다. 창고 쪽에서 두웅, 웅장한 오페라의 서막을 알리는 것 같은 폭음이 들렸다. 창고 지붕이 한 번 들썩할 만큼, 소리라기보다 몸짓에 가까운 무엇이었다. 거대한 혹등고래가 수면 위로 뛰어오르는 것처럼, 느리지만 유연하고 장엄한 순간이었다.

민혜가 서둘러 운전석에 앉았다. 낡은 트럭은 몇 번이고 쇠기침 소리를 내다 시동이 걸렸다. 우린 세 번째 폭음이 들리기 전에 창고 뒷길로 빠져나왔다. 거리와 관계없이 폭음은 같은 크기와 진폭으로 머더헬프를 둘러싼 땅을 흔들었다. 달리는 트럭 사이드미러로 창고 지붕이 보였다. 경사면에 큰대자로 펼쳐놓은 시신 한 구가 있었다. 검정 드레스 한가운데가 열십자로 벌어져 내장이 쏟아진 깡마른 노인이었다. 이윽고 네 번째 폭발이 노인과 지붕, 총과 칼, 독약과 야망과 분노, 슬픔과 좌절, 죄책감과 추억이 담긴 창고를 집어삼켰다. 나의 고향집이 적군을 품고 자폭해버렸다.

독주를 폭음한 이튿날처럼 속이 메스꺼웠다. 신경 마취에서 깨어났지만 비포장도로를 달리는 트럭 짐칸은 멀미를 일으켰다. 총상을 입은 그림책의 팔뚝에서 피가 흘렀다. 관통한 건지, 총알이 박힌 건지 알 수 없었지만 이대로 두면 실혈로 사망할 수도 있었다. 나는 트럭 한쪽에 굴러다니는 비닐 끈 뭉치를 가져다 그림책의 팔뚝을 동였다. 피로 푹 젖은 운동화와 양말이 눈에 띄자 다른 상처가 없는지 발을 매만졌다. 그때, 그림책이 비명을 지르며 나를 걷어찼다. 용병들과 싸울 땐 죽음도 불사하던 그녀답지 않은 반응이었다.

"괜찮아, 나야."

지안이야, 하고 대답하려다 그만두었다. 이젠 그림책도 나도 자신을 지안이라 부를 수 없어졌다. 나는 정진만의 조카가 아니었고, 그녀는 수영이라는 본명과 그림책이라는 코드네임에 익숙했으니까.

"네 손이었구나. 내 꿈에서 발목을 잡던 뜨겁고 말랑한 손."

그림책이 종종 꾼다는 악몽이 떠올랐다. 좁고 캄캄한 공간에 몸이 묶여 있다 탈출하려는 순간 누군가 자신의 발목을 잡는 꿈. 아마도 그 꿈은 우리가 삼촌의 점퍼 안에 담겼던 100일 무렵의 충격으로부터 싹텄으리라.

"트라우마가 됐다니 미안하네."

나는 그림책의 운동화에 고인 핏물을 탈탈 털어내고 그녀에게 건넸다.

"여기 어디쯤이야?"

그림책은 어깨에도 부상을 입었는지 오른손으로 왼쪽 어깨를 누르며 인상을 썼다.

"시내는 빠져나온 거 같아. 서울 방향 같긴 한데 스토리지가 어딘지는 나는 몰라."

짐칸에 앉아 있는 걸 사람들 눈에 들켜선 안 된다는 생각이 들었다. 내가 바닥에 납작 눕자 그림책도 따라 누웠다.

바닥에 흐른 핏물이 나와 그녀의 등허리와 머리칼을 미적지근하게 적셨다.

"용병단 그 여자, 나를 키우고 너를 낳은 사람이었어."

한동안 침묵하던 그림책이 입술을 씹으며 말했다.

"엄마 얼굴 기억나?"

던지고 나니 이상한 질문이라는 생각이 들었다. 난 사리분별이 가능한 나이에 엄마를 잃었다. 그러니 얼굴을 잊지 않았다. 엄마는 청소기를 돌리다 할머니의 부음을 전해 들었다. 여전히 청소기는 왱왱 돌아가는데 엄마는 우뚝 멈춰서서 한동안 아무것도 하지 않았다. 내가 엄마, 시끄러, 청소기 시끄러, 하고 소리친 다음에야 엄마는 전원 버튼을 누르고 아득한 표정으로 나를 바라봤다. 엄마가 할머니를 좋아했는지, 다른 며느리들처럼 적당히 불편하지만 달리 떨어져 살 명분을 찾지 못해 그냥저냥 살림을 섞었는지는 알 수 없었다. 그때 내가 느낀 엄마의 감정은 슬픔보다는 실망이었다. 엄마는 정씨 집안 내력이 단명이라는 걸 노상 두려워했다. 할아버지, 증조할아버지 모두 환갑을 넘기지 못했다. 그러니 아빠와 삼촌도 장수하긴 힘들 거라고, 넌 기필코 남자 집안 가족력부터 따져봐야 한다며 어린 내게 몇 번이고 당부했다. 할머니가 담도암 진단을 받자, 엄마는 어린 내게 혼자 살 수 있으면 혼자 살라는 말을 하다 눈물을 흘렸다. 모든 순간이 또렷한 건 아니었지만 엄마의 얼굴과 몸짓, 특징적인 말투는 변색 없이 그대로였다. 그림책이라고 다르지 않을 터였다.

“기억은 안 나. 본 적이 없거든. 엄마는 자기 얼굴을 숨겼어. 집에서도 스키 마스크를 쓰거나 스카프를 둘렀지. 아무도 자기 얼굴을 알면 안 된다고 했어. 아빠를 죽인 사람에게 잡히지 않으려면 어쩔 수 없다고. 외할아버지는 엄마가 미쳤다고 했어.”

그림책은 옐로코드에 맡겨지기 전까지 어느 신도시의 구시가지에 있는 복층 주택에 살았다고 말했다. 지하실은 아빠 범의 유품으로 가득해 여러 겹의 자물쇠가 채워져 있었다. 그림책은 1층에서 외조부모와 함께 살았고, 2층이자 옥탑방은 엄마 정하 혼자 썼다. 범이 죽자 정하는 몇 번이나 이사를 다니다 결국 친정으로 돌아왔다. 그림책의 외조부모는 딸이 외국계 금융가와 결혼했다고 믿은 터라 사별 후 보이는 딸의 기행을 정신질환으로 받아들였다. 하지만 집 안에 처박혀 어린 손녀에게 용병, 권총, 부비트랩, 살해, 정진만, 혼다 따위의 말을 늘어놓자 폐쇄병동에 입원시켰다.

“엄마가 입원한 지 몇 달 지났을 때 집에 불이 났어. 소방

도로에 누가 굴삭기를 세워놔서 소방차가 진입도 못 했대. 삼촌이 구해줬는데, 깨어나보니 나는 병원이었지. 할머니, 할아버지는 돌아가셨더라. 지하실은 텅 비었고 붉은 클립한 자루만 덩그러니 놓여 있었지. 사회복지사가 엄마를 찾아갔지만 병원에서 사라진 뒤였대. 근데 사회복지사도 좀 이상했어. 여러 명의 여자 사진을 보여주며 이 사람이 네 엄마니? 저 사람도 아니야? 네가 말해주지 않으면 우린 엄마를 도울 수가 없어, 하고 말했거든. 그 사회복지사가 수전 씨였어. 그땐 좀 무서웠지."

내 생물학적 엄마 이정하는 반쯤 속아 결혼했을지 몰랐다. 외국계이긴 하지만 금융가가 아닌 남자와 결혼했고, 그의 죽음 후 진짜 직업을 알아냈으며, 미치고 팔짝 뛰게 생긴 상황에서 미친 사람으로 낙인찍혀 병원을 드나들었을 터였다. 이미 얼굴이 노출된 정하는 딸조차 믿지 않았으리라. 누군가 네 엄마가 이렇게 생겼냐고 물었을 때 모른다고 답해야만 자신의 목숨과 그 목숨보다 더 소중한 범의 유산을 지킬 수 있다고 믿었을 테니까. 남편의 무기고가 털리고 가족들이 몰살당하자 정하는 정진만이 끝까지 물고 늘어지는구나, 그렇다면 범만큼이나 강해져야겠구나, 깨달았을 터였다. 어리석게도 그녀는 남편의 옛 동료들의 소굴로 걸어 들어간 모양이었다.

“지하실에 붉은 클립이 있었다고?”

정하와 수전 그리고 삼촌의 마음도 헤아려졌다. 하지만 마음에 걸리는 게 있었다. 붉은 클립. 그건 브라더의 형 혼다를 살해하고, 내 부모와 할머니까지 죽음으로 내몬 베일의 시그니처였다.

“응, 고급스럽게 코팅된 클립. 뭐 아는 거 있어?”

“베일 소행이야. 삼촌의 무기 독점권에 대항하려면 자기도 무기가 필요했을 거고, 범의 유품이 탐났겠지. 삼촌은 너와 엄마를 도우려 줄곧 근황을 살핀 것 같았어.”

베일은 무기를 탈취하고 범의 아내와 딸까지 깨끗이 살해해 용병단이 내막을 알지 못하도록 마무리 짓고 싶었을 터였다. 삼촌은 수전과 함께 정하를 구하려 애썼지만 실패한 모양이었다.

“엄마, 아니, 그 여자는 우리 집에 불 지르고 무기를 털어 간 사람이 정진만인 줄 알았어. 그러니 이 지경까지 흘러온 거구나. 얼탱이 없네. 고도로 발전한 현대인은 대화 대신 무기로 의사소통을 하는 건가?”

그림책이 자조 섞인 농담을 하며 인상을 찌푸렸다. 차가 과속방지턱을 넘느라 크게 한 번 요동쳤다. 나와 그림책이 동시에 짧은 비명을 질렀다.

"나도 삼촌의 죽음을 받아들이지 못했어. 내심 홀연히 돌아와 모든 상황을 정리해줄 줄 알았지. 그래서 네게 좀 못되게 굴어도 될 것 같았나 봐. 이제 덜렁 우리 둘만 남았는데 삼촌의 시신은 어디 있을까?"

그림책은 내 손을 가져다 꼭 움켜쥐었다. 고향에서 많이 멀어진 것 같았다. 헬륨 풍선이 끝없이 날아가 구름과 뒤섞이듯, 내 영혼의 한 조각이 공기 중으로 흩어지는 기분이었다. 아무것도 모르던 시절이 좋았다. 내 근원을 향해 다가갈수록 깊이를 알 수 없는 싱크홀에 처박히는 것만 같았다. 그린코드의 특권은 이제 사라졌다. 껍데기를 벗어낸 나는 스스로 단련해 새로운 껍데기를 만들어야 했다. 과거의 내 살갗과 영혼에 각인된 수많은 상처를 달래고 도닥여 단단해져야 했다. 스토리지에 들어가 3년만 버티면 라이플링이 되어 나올 수 있었다. 그러나 열쇠는 한 짝뿐이었다.

"브라더가 옮긴 것 같아."

난 피가 무서운데, 정말 무서운데, 요즘 자꾸만 이런 걸 보게 되네요, 브라더의 절규가 귓가에 맴돌았다. 그러자 머릿속에 영상 하나가 재생되었다. 본 적도, 들은 적도 없는 어느 한 시절이었다. 흙먼지를 뒤집어쓴 삼촌이 불 꺼진 집을 곁눈으로 흘겨보다 조심스럽게 창고로 들어갔다. 그가 한 걸음 내디딜 때마다 천장 조명이 하나씩 켜졌다. 발소리가 공명하고 어둠이 물러서자 창고 안 브라더의 숙소 문이 열렸다. 우리 형은요? 이제 막 코밑이 거뭇거뭇해진 소년 우진이 뛰어나왔다. 삼촌은 슬픔과 분노로 퉁퉁 부어오른 얼굴을 가로저었다. 무슨 뜻이에요? 우리 형 많이 다쳤어요? 아까는 괜찮을 거라면서요! 그래서 전화도 안 하고 기다렸는데 표정이 왜 그래요? 우진은 있는 힘껏 삼촌을 밀치고 주먹질하고 발길질했다. 내가 못나…… 내가 이 모양이라…… 미안하다. 언제든 내 목숨은 네가 가져가. 오늘이어도 좋고 10년, 20년 후여도 괜찮아. 목숨은 목숨으로밖에 갚을 수 없어.

"역시 그랬구나. 내 예상이 맞았어."

그림책은 눈을 지그시 감고 심호흡했다. 놀란 기색이 아니었다.

"너 짐작하고 있었어?"

"응. 이제야 삼촌이 내 핏줄이라는 생각이 드네."

그림책은 한동안 입을 꼭 다물고 턱을 복숭아씨처럼 구기며 감정을 삼켰다. 꺼내기 힘든 말이 목구멍까지 차오른 모양이었다.

"난 조기발병알츠하이머병 초고위군이야. 아마 사십대 초반부터 길을 잃고, 좋아하는 노래 가사를 잊고, 머더헬프와 정진만도 기억하지 못할 거야. 나한테 시간이 가장 귀중한 이유가 바로 그 병 때문이지. 그래서 삼촌은 내가 좋아하는 방식으로 머더헬프를 기록하게 이끌었나 봐. 중년이 되어서도 기억하라고."

트럭은 몇 개의 과속방지턱을 넘어 널찍한 한강변을 달렸다. 한 김 식은 태양이 한강 위로 노을 졌다. 영상의 잔상이 강물 위에 어룽거렸다.

"삼촌도 알츠하이머를 앓고 있었던 거야. 우울증은 단순한 병이 아니라 증상이었던 거고."

엄마가 그토록 두려워하던 정씨 집안 남자들의 단명은 알츠하이머에서 비롯되었다. 난 오래전에 그걸 알고 있었지만, 까맣게 잊고 있었다.

단서는 내가 여섯 살 여름, 할아버지의 제삿날에 놓여 있었다. 음식은 단출했다. 생전 할아버지가 좋아했다던 녹두죽과 물김치, 과일 서너 가지로 소박한 상을 차리고 두 번 절한 뒤 가족이 둥글게 모여 앉아 젯밥을 나눠 먹는 것으로 끝이 났다. 매년 할머니는 음복 몇 잔을 하고 할아버지 영정을 향해 똑같은 얘길 했다.

"당신은 탕국 먹을 자격 없어. 마음 같아서는 물 한 사발도 주기 싫어. 어떻게 자기 아들한테, 요즘 말로다가 그런 드라마를 주고 갈 수가 있대? 나는 아직도 그날을 잊을 수가 없어. 영선이네 고추 따주고 돌아왔더니 안방에서 끙끙대는 소리가 들리잖아? 이 영감이 똥을 싸고 벽에 문대나 들어가봤더니, 아 글쎄 들보에 매달린 당신을 저놈이 붙잡고 서 있었잖아. 그때 쟤 열한 살이었어. 그 어린애가 아비 다리 놓으면 죽을까 봐 네 시간을 궁맨 거야. 차라리 그때 죽었어야지. 빼끔빼끔 담배나 피우면서 4년을 더 살다 가냐, 양심 없는 인간아!"

할아버지는 겨우 마흔셋에 알츠하이머가 발병해 쉰에 죽었다. 수전증이 심해 스스로 올가미 만들기에 실패했는지, 그는 초등학생이던 아들 진만에게 토끼 잡을 동그란 끈 하나를 만들어 오라고 청했다. 어리지만 손이 여문 진만은 빨랫줄을 꼬아 제법 단단하고 쓸 만한 올가미를 완성했다. 할아버지는 달게 담배 한 개비를 피운 다음, 나가 놀다 저녁 먹을 때 돌아오라며 진만의 등을 떠밀었다. 하지만 같이 놀아줄 친구도 서울 구경 가고, 엄마가 삶아놓은 찐 감자가 생각난 진만은 곧 집으로 돌아왔다. 그는 부엌에서 찐 감자

냄비를 들고 거실로 나왔다가 안방 창호지 너머로 시계추처럼 흔들리는 아버지의 실루엣을 발견했다.

"그 드라마로 애가 엇나갔어. 밥 먹다가도 당신 모가지 흉터만 보면 기절할 듯 놀라서 뛰어나갔잖아. 나라도 이 집에 있기 싫었을걸. 자기 손으로 만든 올가미에 아비가 목을 달았는데, 어느 놈이 버텨! 그 드라마를 어쩔 거냐고."

할머니는 큰 유리잔에 가득 따른 정종을 물처럼 들이켰다.

"느이 할머니는 트라우마를 매번 드라마라고 하시더라. 그렇게 일러드려도 똑같아. 넌 나중에 시집가게 되면 웃어른들 무슨 병으로 돌아가셨는지 물어봐. 그거 아주 중요한 거다."

엄마는 우는 할머니와 그 옆에서 고개를 수그리고 죽 떠먹는 형제의 모습을 내게 보여주기 싫어했다.

"할아버지의 아빠는 무슨 병이었는데?"

나는 부엌에서 설거지하는 엄마 옆에서, 실은 어디가 아야야 했냐고 물었다.

"원래 늙으면 누구나 애가 되거든. 그런데 정씨 집안사람들은 늙기 전에 애가 되는 병이 있어. 그런 걸 치매라고 해. 하필 그게 내력이라 연달아 내림을 받았지. 병 치다꺼리는 꼭 다른 성씨 가진 여자들이 덤터기 쓰는 거고. 몹쓸 저주

같은 거야."

엄마는 저주라는 단어를 부러 작게 말하고 얼른 입을 닫았다.

"그럼 나도 치매 걸려?"

물김치 통을 닫던 엄마가 소스라치게 놀랐다. 소리 없이 다가와 내 뒤통수를 내려다보고 있던 삼촌 때문이었다.

"애가 무슨 그런 걱정을 해. 걱정 마, 정지안. 넌 안 걸려. 절대 그런 일은 생기지 않아."

삼촌은 가스레인지 앞에 서서 대접 가득 녹두죽을 퍼 담았다.

"도련님, 기분 상했어요? 그냥 하는 말이지, 부자도 삼대 못 가는데 병이라고 삼대를 채우려고요."

엄마는 삼촌을 똑바로 보지 못한 채 냉장고 손잡이를 연신 행주질했다.

"엄마가 말 안 했나 봐요. 우리 증조할아버지도 치매였대요. 증조할아버지, 할아버지, 아버지까지는 독자여서 알 수 없지만, 우린 형제니까 확률도 절반으로 줄었을 거예요. 가능하면 그 저주는 제가 가져갈게요. 그게 안 되더라도 치다꺼리 걱정 마세요. 가족들 안 보이는 데로 소리 소문 없이 숨을 테니까."

나는 삼촌의 말투가 기분 나빴다. 형수님, 우리 집안 대대로 내려오는 나쁜 병을 내가 가져갈 테니 미리 걱정하지 마세요, 다정하게 엄마를 위로하면 좋았을 텐데 꼭 결투를 신청하듯 비장한 말투였다. 엄마는 민망했는지 젖은 행주를 싱크대에 내려놓고 욕실로 들어갔다.

"우리 엄마한테 고운 말투로 얘기해야지! 깜짝 놀랐잖아."

나는 삼촌을 근엄하게 나무랐다.

"내 딴엔 안심시키려는 거였어. 난 고운 말 할 줄 몰라."

김이 모락모락 오르는 녹두죽 탓에 삼촌의 표정이 제대로 보이지 않았다. 모르는 게 죄는 아니었다. 아빠도 없는 삼촌에게 너무했나 싶어 그의 허리춤을 살포시 끌어안았다.

"괜찮아, 나한테 배우면 되지. 그리고 삼촌 아야야 하지 마. 숨으면 내가 찾아낼 거야."

삼촌의 배가 크게 꿀렁거리고 훌쩍, 코 마시는 소리가 들렸다. 설마 그게 우는 것일 줄이야.

삼촌은 숨어버렸고, 나는 찾지 못했다. 그러므로 나는 영원히 술래였다.

한밤이 되어서야 우리를 실은 트럭이 멈췄다. 운전석 문을 열고 민혜가 내렸다. 검고 찰져 보이는 강물 너머로 빽

빽하게 솟아오른 아파트 단지들이 보였다. 도심으로부터 멀진 않지만 철책을 두른 강가엔 군인 초소도 보였다. 그림책과 나는 불안한 눈빛을 주고받으며 몸을 일으켜 세웠다.

"진만 씨는 치밀한 사람이야. 짐칸에 장비 설치해놔서 너희 대화 들으며 왔어. 생각보다 깊게 알고 있었네. 그 사람, 지병 때문에 나를 받아주지 않았지. 난 얼마든지 견딜 수 있었는데."

민혜가 아주 잠시 고개를 치켜들어 저물어가는 반달을 바라봤다. 그러고는 하, 짧은 호흡을 내뱉고 짐칸에 올라탔다. 그녀의 손에 구급상자 두 개가 있었다.

"그림책은 옐로니까 혼자 처치할 수 있지? 탄 제거하고 본드로 마감해."

민혜는 그림책에게 구급상자 하나를 건네고 내 등 뒤로 돌아와 쪼그려 앉았다. 그녀 자신도 용석동 굿데이 편의점에서 입었던 심한 총상이 지금쯤 겨우 아물었을 텐데 또다시 정하에게 린치를 당한 터였다. 과연 성한 곳이 있을까 싶었지만 민혜는 내색하지 않았다. 머더헬프 종사자들의 특징이었다. 아픈 걸 참고 좋을 때도 감추는 검은 옷의 수인들.

"그때 처형은 어떻게 피했어요?"

내내 궁금했다. 민혜는 구급상자에서 접이식 안경을 꺼내 콧등에 얹었다.

"옐로들처럼 우리도 우정이란 게 있어. 투견들도 우리에 들어가면 서로를 핥아주는 동물인 것처럼 말이야. 내가 왜 알렉스 편에 붙었는지 레드코드들은 짐작하고 있었어. 다시 레드코드로 복귀할 수 없어서 히든코드를 자원했지. 사람 살리는 일을 해보고 싶었거든."

죽음을 삼키는 커다란 검은 개에게조차 빼앗기고 싶지 않은 존재가 있었다. 민혜가 뿌린 차가운 소독약이 상처에 스며들었다. 처음 칼날이 파고들었을 때만큼이나 날카로운 통증에 몸을 떨었다. 민혜는 차가운 겔 형태의 약을 바르고 축축한 반창고로 상처를 덮었다.

"열쇠가 문제네. 두 개를 꽂아 함께 돌려야 열린다고 들었거든."

그렇게 중요한 열쇠였으면 둘 다 히든코드에 맡기는 게 나았을 텐데 삼촌은 다른 선택을 했다. 이유가 뭘까.

"삼촌이 버리지 말라고 얘기한 건 임플라논밖에 없어요."

그림책은 핀셋으로 팔뚝에 박힌 총알을 뽑아내며 비명을 질렀다. 민혜가 지혈하는 그림책 옆으로 자리를 옮겨 갔다. 팔뚝 안쪽 살까지 너덜거린 탓에 체내형 피임제가 실핀처럼 삐죽 솟아났다.

"그림책, 너 이거 언제 심었어?"

"열여덟 살쯤이요. 생리통이 심해서 한 달 중 열흘은 진통제랑 수액으로 버텼거든요. 수전 씨가 부탁해서 삼촌이 구해다줬어요. 제거하지 말라고 했는데, 왜요?"

민혜가 피임제를 조심스럽게 꺼내 탈지면으로 닦았다.

"내가 아는 임플라논은 플라스틱 재질이야. 이건 금속이잖아."

그녀는 짐칸 구석에 밀려나 있던 툴박스를 가져왔다. 어느덧 자정이 지나 잠금장치가 풀린 툴박스는 손잡이 아래 버튼을 누르자 맥없이 입을 벌렸다. 묵직했던 건 열쇠를 감싼 방탄 소재 탓이었다. 민혜는 여러 겹의 벨크로와 발포 비닐을 벗겨내고 성냥갑 크기의 상자를 꺼냈다.

"지안이가 열어봐. 주인이잖아."

민혜가 상자를 내게 넘겼다. 나는 뜸 들이지 않고 상자의 뚜껑을 열었다. 안엔 테이프로 고정해놓은 가느다란 철제 장치가 들어 있었다. 그림책의 팔뚝에서 끄집어낸 체내형 피임제와 같은 모양이었다.

"만에 하나 잊어버릴까 봐 미리 줬던 거야. 그리고 정말 잊어버려서 브라더나 내게 말하지 못한 거지."

편의점 사건 이후 삼촌은 대부분의 시간을 작업실에서 보냈다. 문 앞에 놓아둔 음식도 거의 먹지 않았다. 그는 기억의 미로에 갇혀 꼭 전해야 할 말과 영원히 묻어야 할 비밀을 가려내느라 바빴을 터였다.

"열쇠를 찾은 건 다행인데 전 안 들어가요. 3년은 너무 길거든요. 엔딩을 작업해야 해요."

그림책이 팔에 붕대를 감으며 민혜에게 말했다.

"밖에는 널 보호할 사람이 없어. 살아남은 용병단은 어떻게든 너를 찾아 동료들의 죽음을 네 목숨으로 돌려받으려 할 거고. 안에서 3년만 기다려. 내가 깨끗이 해치울게."

"다행이네요. 내 목숨을 가져가 이 지겨운 복수가 완전히 끝난다면, 후회하지 않을게요."

그림책은 마음을 굽히지 않았다. 그녀는 구급상자를 열어 항생제와 붕대를 챙겨 빈 툴박스에 채웠다.

"젊은 시절 그 사람 같네. 복수를 끝내려고 은둔자를 선택했지."

삼촌이 가족과 동료를 위해 늘 불리한 선택을 해왔다는 수전의 말이 떠올랐다. 그와 다른 방식으로, 그림책은 용감했다. 나는 그들과 달리 내게 더 유리한 선택을 하고 싶었다.

"그림책, 너 옐로코드 그리마 알지?"

그리마는 지난 2년 동안 내 유전자 지우개 역할을 맡은 옐로코드였다. 하지만 수전이 언더커버라고 말한 걸 보면 기지에서 떨어져 생활하는 인물이었다. 내 자취방 위치는 바빌론이 파악했겠지만 그들 대부분은 사망했거나 뿔뿔이 흩어져 한국을 떠났다. 당분간은 용병단 패잔병들도 찾지 못할 장소였다.

"맞아. 그리마는 네 자취방 옆 동에 은신해 있어. 옐로 중에도 생존자가 있었구나!"

그림책의 눈동자에 불씨가 피어났다. 기억을 더듬어보자면, 내가 살던 아파트 단지에서 자주 마주치던 남자 한 명이 있었다. 이따금 찾아오는 순대볶음 트럭에서도 스쳤고 분리수거장과 길고양이 급식소에서도 만났다. 몇 번인가 대화를 나눈 적이 있지만 알맹이 없는 스몰토크였다. 속눈썹이 길어 눈에 짙은 그림자가 내려앉은 말끔한 청년의 얼굴이 조금 뚜렷해졌다. 어쩌면 긴 속눈썹 탓에 그리마라는 코드네임을 얻었을지도 몰랐다.

"현관 비번은 진만 씨 전화번호 뒷자리야."

구급상자를 정리한 민혜가 끼어들었다. 이제 헤어질 때가 다가왔다. 조수석을 기웃거리던 그림책이 삼촌이 자주 입던 가짜 양털 점퍼를 찾아냈다. 그러고는 찢어진 슈트 재킷을 벗고, 삼촌에게 안기듯 커다란 점퍼를 몸에 걸쳤다.

"이제 가, 정지안. 집 깨끗이 쓸게. 3년 뒤엔 나도 독립할 수 있도록 노력해볼게."

호주머니에서 만 원짜리 지폐 석 장을 발견한 그림책이 처음으로 환하게 웃어 보였다.

"그림책, 이제 엔딩 물어봐도 돼?"

"아니, 완성하면 정주행해줘."

"그것도 좋네."

우리는 서로의 손을 맞잡거나 포옹하지 않았다. 그림책이 시들어버린 옥수수밭을 가로질러 완전히 사라질 때까지 일별했다.

"상처 말이야, 비 오면 신경이 저릿저릿할 거야. 그럼 오늘을 떠올리지 말고 가짜 기억을 덧입혀. 여름 캠프에서 외발자전거를 타다 넘어졌거나 후진하는 자동차에 슬쩍 깔려 다리가 부러졌다고 생각하는 거지. 처음엔 어색해도 계속 믿으면 진짜 기억이 돼. 내가 그랬어."

민혜가 자신의 티셔츠 앞자락을 들어 올렸다. 마치 튼살처럼 피부 위에는 무수한 흉터가 가득했다. 칼과 총알, 자신의 늑골이 뚫고 나왔던 흔적이 역력했다.

"난 이 안에 든 이야기들이 좋아졌어. 즐겁지만 아찔한 순간들이 스릴 있게 나를 훑고 지나갔다고 믿으니까. 저기 들어가면 너도 그렇게 믿어봐. 이런, 엄지발톱이 못쓰게 됐네."

민혜가 내 발을 바라보며 다시 구급상자를 열었다. 총알 하나가 엄지발톱을 날려버렸다. 삼촌과 같은 자리이니, 누가 물어보면 그럴듯한 이야기를 지어낼 수 있었다. 치료를 마친 민혜가 트럭 난간에 올라가 강 한가운데를 가리켰다. 나무가 우거진 작은 섬 하나가 보였다. 한강에 섬이 있다는 얘길 어디선가 들은 적이 있었다. 아마도 밤섬이었던 것 같았다.

"혹시 저거 밤섬이에요?"

민혜는 고개를 가로저었다.

"백마도라고 해. 군사지역으로 묶여서 아무도 살지 않아. 대외적으로는 안보 문제라고 하지만 실은 무기 창고 때문에 민간인 출입을 금지시킨 거야. 초소를 지나 작은 다리를 건너면 스토리지가 나올 거야."

열쇠가 들었던 툴박스처럼, 우린 정해진 마감 시간을 꾸꾸이 정주행해야 했다.

매주 일요일은 보급품이 배달되는 날이었다. 스토리지를 나와 다리 중간까지 걸어가면 종이 상자 하나 혹은 쿠팡 보냉백이 놓여 있곤 했다. 첫 주에는 그림책이 훔쳐간 줄 알았던 내 물건들이 담겨 있었다. 드라이어, 속옷, 화장품, 운동화, 텀블러, 옷가지 등이었다. 민혜가 삼촌을 배신한 날, 백패킹용 배낭을 짊어졌던 게 떠올랐다. 그때 내 짐을 챙겨간 거라면 삼촌과 민혜, 브라더는 오래전부터 머더헬프 해체를 계획하고 있었던 셈이다. 후계자 자리를 노리던 내가 알았더라면 분명 그르쳤을 일이다.

여러 목숨을 앗아간 죄인치고 3년의 독거는 과분한 처분이었다. 수압이 약하고 벌레가 많으며 냉난방이 형편없다는 점만 제외한다면 스토리지 생활은 견딜 만해 보였다. 공간은 방 세 칸짜리 아파트만 했다. 무기고로 쓰였으니 머더헬프 창고처럼 철제 진열대와 강철 레일이 깔려 있어 정신사나웠다. 진열대 위엔 무기 대신 전투식량과 생수가 가득했다. 창문이 있어야 할 자리에 걸린 디지털 모니터는 유유히 흐르는 강물을 송출했다. 더블 침대와 냉장고, 두 칸짜리 싱크대, 쪼그리고 앉으면 걸레 정도는 빨 수 있는 크기의 욕실이 살림살이 전부였다.

첫날과 이튿날은 자도 자도 잠이 왔다. 사흘째가 되어서야 겨우 눈을 떠 허기를 느꼈다. 상처가 아무는지 등이 간지러웠다. 모니터엔 황금빛 노을이 지고 있었다. 몸을 씻은 뒤 전투식량을 데워 먹고 노트북을 열었다. 상태바에 메신저 자동 로그인 알림이 보였다. 이제 머더헬프와 정진만도 사라졌으니 메신저를 지워야 했다. 삭제 버튼을 누르려던 그때, 메시지가 도착했다. 견딜 만해요, 거기? 보낸 사람은 박우진, 브라더였다. 브라더는 지켜야 할 고양이를 주웠다고 말했다. 검은색인데 입이랑 가슴이 하얘요, 턱시도 입은 것처럼. 이름은 아직 안 지었어요. 통신망이 안정되면 더 자주 말 걸게요.

얼마 뒤 인터넷은 먹통이 되었다. 태어나 처음으로 완벽히 혼자가 되었다는 사실이 막막했다. 자취할 땐 벽 너머에 이웃들의 생활 소음이 있었고, 마음만 먹으면 밖으로 나가 선량한 사람들 틈에 섞일 수 있었다. 하지만 스토리지는 깊은 바다에 가라앉은 잠수함 같았다. 상처에 감염이 생겨 살이 썩어 들어가도 구해줄 사람은 없었다. 고립감과 공포가 기압처럼 나를 짓눌러 숨을 헐떡이게 만들었다. 위기의 순간마다 내 귓가에 속삭이던 삼촌의 목소리마저 들리지 않았다. 아무와도 대화할 수 없게 되자 더는 내가 산 사람으로 느껴지지 않았다. 살기 위해 꾸역꾸역 먹던 전투식량도 역겨워서 게워냈다. 겨우 물만 몇 모금씩 마시며 나는 시들어갔다. 그 무렵부터 스토리지 곳곳에 38명의 남녀가 서성이기 시작했다. 아, 죽었구나. 그러니 귀신이 보이겠지. 3년 형인 줄 알았는데 결국 사형이었다는 생각이 들었다. 차라리 잘됐다. 스펙 하나 없는 이십대 중반이 무일푼으로 세상에 떨궈지면 마땅히 먹고 살길도 없었다.

"만족해? 정진만과 정지안이 다 죽었으니 이제 분이 좀 풀리니?"

싱크대 앞에 서서 나를 바라보는 배정민을 향해 외쳤다. 이마 한가운데에 탄환이 박힌 그는 느리게 고개를 가로저었다.

"아니라고?"

정민이 다시 끄덕였다.

"그래, 넌 아직 죽지 않았어. 부탁인데, 우릴 그만 놓아줘."

그 순간, 정민이 대답했다. 물론 진짜 음성은 아니었다. 그가 입술을 달싹거렸고, 전하려는 메시지가 내게 진동처럼 느껴졌을 뿐이다.

"어떻게?"

정민이 한심하다는 듯 나를 바라봤다.

"항우울제를 먹어. 별이 안 드니 비타민D랑 마그네슘도 필요하겠지. 맨몸운동이라도 해. 비겁하게 죽음으로 도피할 생각은 하지 마. 그래야 우리가 떠날 수 있어."

귀신이 아니었다. 죄책감과 자기 연민 그리고 우울증이 불러들인 환영이었다. 먹은 것이 없어 눈물도 나지 않았다. 이대로 하루나 이틀쯤 굶으면 숨이 끊어질 것 같았다. 선택해야 했다. 내가 만든 지옥에 사느냐, 내 업보가 만든 진짜 지옥으로 뛰어드느냐.

결정을 내리는 데까지 오래 걸리지 않았다. 노트북 메신저에서 알림음이 들린 덕이었다. 꼬박 두 달 보름 만에 통신망이 안정된 것이었다. 고립무원에서 한 가닥 연기를 발견한 사람처럼 나는 무릎걸음으로 노트북에 다가갔다. 어렵게 스타링크를 구했어요. 이제 매일 대화할 수 있어요. 뭐 필요한 건 없어요? 브라더가 지핀 모닥불이 보였다. 갈증과 허기가 느껴졌다. 나는 떨리는 손가락으로 타이핑했다. 항우울제 그리고 종합비타민이요.

내가 만든 지옥을 철거하기로 했다. 허물어진 육체를 재건해야 가능한 일이었다. 기름지고 열량 높은 전투식량을 입에 욱여넣었다. 매일 빠른 걸음이나 런지로 스토리지 안을 휘저었다. 스트레칭과 스쾃, 푸시업을 이어갔다. 어느 사이엔가 38명의 환영이 희미해지기 시작했다. 내가 단단해질수록 그들의 밀도는 낮아졌다. 그리고 마침내 우울과 고립감이 사라지자 스토리지 안엔 나 혼자 남게 되었다.

세상 밖으로 밀려났지만 한가하진 않았다. 민혜가 말한 대로 흙터 위에 가짜 추억을 덧입히느라 멍하니 허공을 바라보는 시간이 점점 길어졌다. 내 삼촌은 무기 밀매상이 아닌 온라인 잡화상 주인이었다. 총과 칼이 아닌 농업용 고무호스와 목장갑을 팔았다. 그의 친구들은 같은 마을에서 태어나 자란 농부, 인테리어 시공업자, 카센터 사장이었다. 주말이면 숯불을 피우고 고기를 구워 먹는 게 낙이었다. 잘 들어, 정지안. 죄를 지으면 벌을 받듯, 덕을 쌓으면 복이 와.

내가 고기 구웠으니 설거지는 네가 해야 한단 말이지. 그때 퍽, 소리와 함께 숯이 터졌다. 삼촌의 셔츠와 내 발등에 불덩이가 끼얹혔다. 곧바로 병원으로 달려갔다면 생기지 않았을 화상흉터가 삼촌과 나의 몸에 이렇게 남았다. 죽는 날까지 지워지지 않는 가짜 추억이 깊었다.

브라더는 매일 안부를 물었고, 민혜는 매주 보급품을 가져다주었다. 계절에 따라 과일과 채소가 달라졌다. 날씨에 따라 모니터의 영상이 바뀌었다. 나는 인터넷 강좌로 중국어 독학을 시작했다. 여길 벗어나면 삼촌이 말한 샤먼에 가볼 생각이었다. 거기 어딘가 뚱뚱한 대머리 남자가 느긋하게 나무 의자에 걸터앉아 권총 모양의 라이터나 수류탄 모양의 냉장고 자석을 팔 것만 같았다. 머더헬프가 사라져서 세상은 조금 더 안전해졌을 테니 긴장하지 않기로 했다.

그림책에게선 연락이 없었다. 나는 매일 웹툰 플랫폼을 돌며 그녀의 닉네임 그림책과 본명 주수영을 검색했다. 해가 바뀐 초봄이 되어서야 필명 그림책의 데뷔작 〈살인자의 쇼핑몰〉의 연재가 시작됐다. 머더헬프, 정진만, 정지안, 모두가 실명 그대로 설정되어 있었다. 그림책에게 웹툰은 기록 저장소이니 어쩌면 당연한 선택일지도 몰랐다. 그림책의 그림체는 본인을 닮아 선이 곱고 단정했다. 초반엔 비인기 장르인 만큼 조회수나 댓글이 적었다. 작가님 남주 얼굴은 이게 최선인가요? 못생겨서 몰입이 안 돼요, 같은 댓글이 추천 베스트로 상위를 차지했다. 돈이 없는 나는 매주 한 편씩 '무료 보기'를 기다려야 했다. 어차피 스토리지에서 보내야 할 시간이 156주나 되니 괜찮았다.

연재가 50화를 넘어선 뒤에야 조회수와 댓글이 불어났다. 못생겨서 원성을 사던 정진만 대신 매사 걸림돌이 되는 조카 정지안이 새로운 동네북이 되었다. 댓글 중 'missyang'이란 아이디가 "Dirty and sexy Jinman"이라고 남긴 게 눈에 띄었다. 추천을 눌러주고 다음 화를 기다렸다. 100화 특집 화에는 내 자취방과 그림책 자신을 스케치한 서비스 컷이 붙었다. 무지막지하게 튼튼하고 거대한 책상, 강철로 만든 옷장, 내가 옥상에 유기했던 화분들이 되살아나 창가에 올망졸망 자리 잡고 있었다. 그림책은 그새 머리가 제법 길었다. 헐겁게 입은 티셔츠와 손에 든 머그잔은 내가 자주 입고 쓰던 물건이었다.

그림책은 정확히 3년간 〈살인자의 쇼핑몰〉을 연재했다. 그녀가 마련한 엔딩은 죽은 줄 알았던 삼촌이 되살아나 머더헬프를 구해내는 황당무계한 결론이 아니었다. 아마도 민혜와 브라더로부터 얻었을 정보를 담백하고 현실적이게 그려냈다. 130화부터는 내가 알지 못했던 삼촌 죽음의 실체가 드러났다.

진만이 발병을 인지한 건 브라더를 알아보지 못하고 장전된 총을 겨눈 어느 겨울부터였다. 그는 두려운 나머지 서둘러 조카를 서울로 보내고 작업실 천지 사방에 포스트잇을 붙여 기억을 붙잡아 맸다. 수전증이 생긴 다음부터는 좋아하던 국수를 포기하고 냉동 피자나 국밥을 선택하게 됐다. 우유를 사놓고 또 우유를 사러 가는 날이 거듭되었고, 종래에는 '우유 사지 말기'라는 메모를 적어 냉장고에 붙여두었다. 노트북 앞에서 할 일을 잊어 멀거니 앉아 있다 날이 저무는 날도 있었다. 진만은 어느 수녀원 수녀들이 알츠하이머를 앓고도 매일 같은 루틴을 반복해 인지기능을 유지했다는 글을 읽었다. 그 뒤로 진만의 삶도 점점 단조로워졌다. 어제의 루틴대로 오늘을 살고, 오늘의 루틴을 적어 내일의 자신에게 커닝 페이퍼를 남겼다. 디자인이 같은 셔츠를 여러 벌 사 요일마다 돌려 입은 것도 스스로에게 내린 명령이었다. 그러나 정결하게 살지 않은 진만에게 신의 은총은 없었다. 용석동에서 겨우 살아남아 집으로 돌아온 밤, 그의 병은 급격히 악화되었다. 한밤에 눈을 뜬 진만은 자신에 대한 거의 모든 것을 잊은 상태였다. 이름과 나이, 주소

와 고향, 자신이 벌여온 일과 해결해야 할 과제, 눈 오는 밤 부르고 싶었던 어떤 여자의 이름, 가족과 친구의 얼굴 그리고 무기들의 사용법까지 깡그리.

그는 벽에 붙여놓은 포스트잇을 읽으며, 세상에 이렇게 철두철미한 악인이 또 있을까 몸서리쳤다. 그리고 얼마 지나지 않아 메모를 적은 사람이 자신이라는 걸 깨닫고 소리 죽여 통곡했다. 여러 날의 고민 끝에 진만은 방문을 열었다. 때마침 과자와 우유를 놓고 돌아서는 브라더와 마주쳤다. 저기, 괜찮다면 나 좀 도와줄래요?

그림책은 브라더가 어떤 방식으로 삼촌을 살해했는지 묘사하지 않았다. 분명 살인이었지만 한 남자가 아버지나 다름없는 남자에게 바친 충정이기도 했다. 그림책은 잔혹한 그날을 검은 배경에 하얀 핏자국, 정진만의 손에서 떨어진 라이플링 마크 없는 총알 하나로 암시했다. 삼촌은 152화에서 혼다 곁에 묻혔다. 가장 정진만다운 죽음을 연출했던 브라더는 자신도 증발해버릴까 고민했지만 무른 성정 탓에 차마 그러지 못했다. 그는 수척해진 얼굴로 집에 돌아와 CCTV를 편집했다. 그리고 마지막으로 모든 코드에게 자유를 주기로 했다. 그는 킬러맵을 리부팅하고 모든 코드를 로그아웃시켰다. 문제는 리부팅 과정에서 잠시 방화벽이 풀렸다는 것이었다. 머더헬프를 호시탐탐 노리던 용병단은 그 틈을 놓치지 않았다. CCTV 원본을 발견해 정진만의 죽음을 가장 먼저 알아차렸다. 사이트는 끝내 복구되지 않았다.

마지막 화에 그려진 대로 나는 3년 만에 스토리지를 나섰다. 한때는 지옥이었지만 이젠 정이 붙어버린 공간을 떠나는 마음이 가볍지 않았다. 예상한 대로 어느덧 나는 이십대 중반이었고, 별다른 스펙 없이 모든 걸 새로 시작해야 했다. 다리와 소초를 지나 한참을 걸어 나오자 버스 정류장이 보였다. 그림책이 마지막 화에 그려놓은 모습 그대로였다. 나는 웹툰을 안내서 삼아 33번 버스를 타고 시내로 나가 맥도날드에 들어섰다. 그사이 유행이 바뀌어 와이드 팬츠보다 부츠컷 디자인이 더 흔히 보였다. 나는 웹툰 속 정지안이 그랬던 것처럼 키오스크로 다가가 빅맥 세트를 주문했다. 더는 구석진 자리에 앉고 싶지 않았다. 밖이 내다보이는 창가에 앉아 다시 소란스러워진 세상을 감상했다. 매장 안은 손님들의 대화와 조리 알림 소리로 요란스럽고도 정다웠다. 음식을 기다리며 그림책의 웹툰 마지막 화를 한 번 더 읽었다. 스토리지를 나온 지안은 빅맥 세트를 먹다 그리웠던 누군가를 다시 만나게 된다. 웹툰에서는 그저 뒷모습

뿐이라 짐작할 수 없는 그 사람이, 현실의 나를 지금 바라보고 있을 터였다. 나는 마지막 화에 댓글을 적었다. 지킬 만했어요, 거기? 곧이어 누군가 하트를 눌러 호감을 표시했다.

"견딜 만했어요, 정지안 씨?"

누군가 빅맥 세트가 담긴 쟁반을 들고 다가왔다. 지안이기도 수영이기도 그림책이기도, 내 삼촌의 조카이기도 한 어느 안내자였다.

작가의 말

언젠가 은사님이 내게 물었다. 넌 왜 그렇게 사람을 많이 죽이니? 내심 뜨끔했다. 사람 사는 이야기를 쓰고 싶었는데, 사람이 죽어나가는 얘기만 주야장천 써낸 세월이 꽤 길었다. 물론 세상에 죽음이 허다하지만, 유독 내 작품에서는 매편 적어도 서넛, 많으면 수십 명이 칼과 총에 희생되었다.

가끔은 이런 생각도 한다. 내가 어떤 살인사건의 억울한 용의자가 되기라도 하면 큰 치도곤을 치를 수 있겠구나. 내 검색 기록엔 완전범죄, 시신 유기, 부검, 맹독, 혈흔 지우기, 지문 없애는 방법 같은 키워드만 가득하니 말이다. 어딜 가도 CCTV를 의식하고, 어떻게 사각지대로 피할 수 있는지 골몰하니, 수상한 사람인 건 사실이다. 하지만 막상 작품에서 누군가를 죽이고 나면 기묘한 죄책감도 생긴다. 내가 죽인 캐릭터들의 이름만 모아놓은 수첩이 따로 있을 정도다.

언젠가 개정할 기회가 생기면 그중 몇 명은 살려주어도 괜찮겠다고 생각해 밑줄 그어놓은 이름들이 있다. 거기에 정진만은 없다. 그의 죽음은 1권을 쓰기 전부터 결정되어 있었다. 그는 사실상 만악의 근원이고, 그가 살아 있는 한 순환의 고리는 끊어질 수 없었다. 지안의 시점으로 서술한 이유도 마지막까지 살아남아 올바른 선택을 하는, 진만과는 결이 다른 캐릭터이길 바라서였다.

남보다 오래 품었던 아이를 출산하는 마음으로 이 책을 내놓는다. 은사가 읽는다면 넌 어째 점점 더 많이 죽이니? 물을 것도 같다. 그럼 뭐라 대답해야 하나. 아마도 이 장르에선 이게 최선일걸요, 하며 웃고 말아야 할 것 같다. 킬러물을 쓰는 한, 이 기묘한 죄책감과 수상한 행적들은 멈출 수 없을 것이다. 무더위 에어컨 아래서 나는 오늘도 죄책감을 키운다.

2025년 여름, 강지영

살인자의 쇼핑몰 3

초판 1쇄 인쇄일 2025년 8월 21일
초판 1쇄 발행일 2025년 9월 1일

지은이 강지영
펴낸이 정은영
편집 박진혜 박서령
디자인 이선희
마케팅 최금순 이언영 연병선 송의정 김정윤
저작권 신은혜 김현영
제작 홍동근

펴낸곳 (주)자음과모음
출판등록 2001년 11월 28일 제2001-000259호
주소 10881 경기도 파주시 회동길 325-20
전화 편집부 (02)324-2347, 경영지원부 (02)325-6047
팩스 편집부 (02)324-2348, 경영지원부 (02)2648-1311
이메일 munhak@jamobook.com

ISBN 978-89-544-7302-6 (03810)